Por ELAS para ELAS

Pequenas histórias para grandes Mulheres

Gerente editorial
Roger Conovalov

Diagramação
Sara Vertuan

Revisão
Walter Bezerra
Mitiyo S. Murayama

Capa
Lura Editorial

Organizadora
Beatriz Santos

Todos os direitos desta edição são reservados à Lura Editorial.

Primeira Edição

Lura Editorial - 2021.
Rua Manoel Coelho, 500. Sala 710
São Caetano do Sul, SP – CEP 09510-111
Tel: (11) 4318-4605

Todos os direitos reservados. Impresso no Brasil.
Nenhuma parte deste livro pode ser utilizada, reproduzida ou armazenada em qualquer forma ou meio, seja mecânico ou eletrônico, fotocópia, gravação etc., sem a permissão por escrito da editora.

Dados Internacionais de Catalogação na Publicação (CIP)

Por Elas para Elas / Lura Editorial – 1ª Edição – São Paulo, 2021.
Organizadora: Beatriz Santos

ISBN: 978-65-86626-65-0

1. Ficção 2. Feminismo 3. Contos I. Título.

CDD: 869.3

atendimento@luraeditorial.com.br
www.luraeditorial.com.br

Por ELAS para ELAS

Pequenas histórias para grandes Mulheres

Organização de
BEATRIZ SANTOS

lura

Sumário

Onde está Elise?: Beatriz Santos 07

O brado da liberdade: Tauã Lima Verdan Rangel 35

Renascida: E.C. Reys 42

Aprendendo a escrever minha própria história: Belle Becker.....55

A história das Guardiãs: Rosa Scarlett... 65

Marie e as Máscaras: Janaina Couvo.. 74

Menina sim, mulher não: Gisele Wommer 80

O segredo do quarto escuro: Fabiana Z. Fachinelli....................... 89

Sonho: seu nome e sua essência: Hildete Emanuele 99

Kira: Carolina Sampaio 107

Helena: Alyne S. Limeira 113

Ela é o que quer ser: Rebeca L. J. Souza 121

Simplesmente Ela: Tanja Viviane Preissler 128

Vienna: M. Lima Rezende 130

Flora e Noemi: Christiane Couve de Murville 140

Melhores Amigas: Rodrigo Uliano 144

Os Amantes: Íria de Fátima Flório 149

Sobre ciclos e renascimentos: Bianca Morais da Silva 157

Obsessão: Jéssica Figueiredo 163

Uma ou duas tranças: Talita Pinheiro 172

Onde está Elise?

BEATRIZ SANTOS

❦

O sol brilhava naquela tarde como nunca, assim como o sorriso lindo de Elise, uma mulher que por onde passava irradiava felicidade, sempre brincalhona e simpática. Elise mora no bairro Vila Brasileira, em Mogi das Cruzes, estado de São Paulo. Ela trabalha no centro da cidade como operadora de caixa em uma rede de calçados. Em seu meio de trabalho, é conhecida como uma pessoa feliz e encantadora que não costuma reclamar de nada e é uma companheira exemplar com seus colegas de trabalho. Elise ainda mora com os pais e a irmã, que são evangélicos, e mesmo Elise não optando por seguir o mesmo caminho, eles se dão muito bem. Sua irmã Raquel é seis anos mais nova, e muito apegada à irmã, como se fossem gêmeas. Seu pai, Sidnei, é um homem batalhador e, ao contrário de alguns homens, sempre quis filhas mulheres. Suas duas lindas garotas são as meninas de seus olhos. Sidnei e Débora só começaram a frequentar a igreja um pouco antes de Elise atingir a maioridade, por isso a amizade entre eles é forte e sem preconceitos.

Elise tem muitos amigos, tanto no trabalho e onde mora como na faculdade, onde estuda marketing atualmente. Após se aventurar na enfermagem, viu que saúde não era a sua área; embora fosse o desejo do pai, ela infelizmente não tinha estômago nem vocação para isso. Quando descobriu o marketing, sentiu que nasceu para isso. Mas uma coisa não pode negar, a enfermagem lhe trouxe algo muito bom: amigas para a vida toda. Uma delas é Telma, uma enfermeira que já atua no hospital da cidade.

Elise amava o que fazia e, certo dia, em seu trabalho conheceu Mauro. No momento em que se olharam, já ficaram com os olhos vidrados um no outro por alguns instantes.

Mauro era um homem alto, corpo de corredor, pernas torneadas e abdômen digamos que sarado, olhos cor de mel e cabelos castanhos, nada muito fora do comum, porém Elise sentiu que ele tinha um charme só seu.

Passado aquele momento de encanto, Elise finalizava seu atendimento, e Mauro tomou a liberdade de marcar seu número na nota fiscal que recebeu e devolveu a Elise. Ela não ligou, mas ficou pensando nele por horas, talvez dias, sem falar nas amigas de setor que não paravam de comentar como ele era gato e que ela deveria se empoderar e ligar logo para ele. Elise sentia que era uma mulher das antigas e que não teria coragem de ligar.

Elise costumava almoçar frequentemente em um restaurante aos sábados, mas o que ela não esperava era que, naquele dia, encontraria justamente ele, o Mauro.

Ele tomou a liberdade de se sentar à mesa e almoçar com Elise e suas duas amigas, Tânia e Nayara. A partir daquele dia, eles se encontravam com mais frequência, almoços se tornaram encontros, encontros se tornaram uma paixão avassaladora. Mauro se dizia tão apaixonado que não podia mais ficar longe, sempre ligava, enviava mensagens e às vezes até ia buscá-la no trabalho. Tudo aconteceu tão espontânea e rapidamente que Elise nem percebeu que já estava caidinha por ele e sentia que não podia mais viver sem a sua companhia.

Telma se ofereceu para levar Ângela ao centro da cidade no fim de semana e foi até o estabelecimento em que Elise trabalha e apresentou a nova amiga e parceira de trabalho. Ambas se cumprimentaram. Ângela notou que, durante todo o tempo em que conversavam, o celular de Elise vibrava sem parar, além do olhar de ansiedade da nova amiga, o que passou a ser um incômodo. Notando a situação, Telma perguntou se estava tudo bem. Eliza se fez de desentendida e continuou a conversa.

Em seguida, Telma comentou sobre um novo amor e Elise confessou que era justamente ele que estava lhe enviando as mensagens. Como não podia responder, se sentia incomodada. Finalmente, confessou estar muito atraída por ele e que já estavam planejando ir morar juntos.

[Telma] — Mas não é muito cedo, Elise? Afinal, você acabou de conhecer esse Mauro e mal sabe quem são sua família ou amigos.

[Elise] — Ah, ele trabalha como segurança naquele prédio grande na rua Barão, inclusive já tive uma dentista lá, pena que não atende mais. Enfim, estou só pensando no que meus pais vão dizer, sabe como eles são. Por mais que eles não me obriguem a ir à igreja, sem dúvida vão querer festa, buffet e tudo mais, porém nós não queremos.

[Telma] — Mas vocês vão morar onde?

[Elise]— Na casa dele, na verdade um apartamento no condomínio Mogilar. É simples, mas pelo menos teremos a nossa liberdade. E, se não der certo, pelo menos nos livramos da papelada.

[Telma] — Bom, eu só quero o seu bem e que curta muito sua vida. Mas me diz, ele é bonitão?

Ambas riram. Elise mostrou uma foto dele em seu celular, meio que escondida de seu gerente, como se o celular fosse das amigas, que no momento eram clientes. Após o papo de garotas, elas se despediram e foram andar mais um pouco no calçadão. É assim que se chama o centro comercial de Mogi das Cruzes, pois tem várias lojas e comércios no mesmo lugar.

Chegando em casa após um sábado cansativo de trabalho, já que esse era o dia mais movimentado da semana para quem trabalhava atendendo no comércio, Elise decidiu conversar com os pais sobre seu novo namorado e suas decisões. A princípio, Sidnei e Débora não gostaram da ideia, mas Elise explicou seu ponto de vista, o pai entendeu o lado da filha e assim consentiu. Na verdade, Elise já estava decidida, era adulta e permissão não era o que procurava, apenas queria deixar os pais cientes de suas decisões. Se tem uma coisa que não queria jamais era magoá-los, brigar ou ficar de mal com seus pais e irmã, que, por sua vez, ficou toda alegre e animada com o fato de ter um cunhado. Débora tentou entender a intenção da filha de não estar presa a alguém ou ao compromisso de um documento. Não se sentiu à vontade com tal situação, mas, como dizem por aí, mãe é mãe. Assim, ela não se opôs e abençoou a filha.

[Débora] — Querida, quando iremos conhecer o Mauro?

[Elise] — Logo mais ele chega. Ele que queria contar a novidade, mas eu preferi adiantar.

[Sidnei] — Fez bem, minha filha, em nos deixar a par de suas pretensões. Sabe que não proibiremos nada. Você já e dona de seu nariz e a transparência nos mantém sempre unidos.

No momento em que Elise disse sobre a vinda de Mauro, Débora já se pôs a fazer algo para receber o convidado e futuro genro. Não demorou muito e logo a campainha tocou...

Aquele plantão no hospital estava bem agitado. Ângela queria estar em casa com Arthur e o pequeno Diego, mas, a partir do momento em que aceitou o período noturno, sabia que a saudade de casa iria bater e não poderia fazer nada. Telma entrou pela porta do corredor exasperada e, quando encontrou Ângela, fitou-a com aquele olhar de preocupação com a amiga de plantão.

[Telma] — Temos mais uma coitada que disse que escorregou no tapete. A mulher está destruída, quer tentar falar com ela?

[Ângela] — Não custa tentar, não é mesmo?

Ao entrar pela porta, deparou-se com um quadro muito delicado. Uma jovem de, no máximo, 23 anos, que devia ser bem bonita, mas agora estava toda marcada pela vida, ou melhor, pelo que ela achava ser sua vida.

— Olá, Mayla. Sou a Dra. Ângela e vim dar uma olhada em sua situação. Como está se sentindo?

[Mayla] — O que devo dizer?

[Ângela] — Não sei, o que acha de começar me dizendo o que realmente aconteceu?

Mayla a fitava com olhar pesaroso, mas não cedeu à tentação de contar a ela tudo o que a afligia. Ângela, percebendo o medo em seu olhar, sabia que Mayla não lhe contaria nada, a não ser que se sentisse segura. Nesse momento, olhou em seu *smartphone* e enviou uma mensagem para a psicóloga Marielle.

Mensagem de texto:

Boa noite!
Preciso de você, urgente, no 2° andar sala 24
Sinal Laranja

Resposta:

Segure as portas, chego em 5 minutos.
Marielle

Enquanto finalizava sua mensagem, percebeu que Mayla não parava de olhar a aliança em seu dedo. Logo Marielle chegou e as duas começaram a lhe explicar o que elas faziam naquele hospital.

[Marielle] — Sabe, Mayla, entendo que quando nos olha apenas vê duas médicas querendo se intrometer em sua vida. De certa forma, é verdade, mas fazemos além disso. Temos um centro de mulheres que apoia e ajuda mulheres que passam por violência doméstica, abuso sexual, entre tantas outras violações que o ser humano é capaz de fazer. O que queremos é apenas que alcance a sua voz, pois ela tem o poder de te libertar. Não são poucos os casos de morte para situações como a sua. Na última década, o Brasil ficou em 5° lugar no mundo. Sete em cada dez mulheres são mortas dentro de casa pelo companheiro, segundo a Organização Mundial da Saúde, e isso é aterrorizante.

Assim que Marielle passou todas as instruções e também o local onde ela poderia encontrar o clube de apoio, desejou melhoras e se retirou da sala com Ângela. As duas conversaram um pouco sobre a situação da Mayla e se despediram.

O dia amanheceu nublado, mas não para uma mocinha que estava radiante de felicidade. O jantar ocorreu como esperado, os pais de Elise simpatizaram com Mauro e, a princípio, se deram muito bem.

Tudo corria como o previsto. No fim de semana, Elise e Mauro tiveram aquela conversa sobre juntar os trapos e morarem juntos, finalmente. Fato que ocorreu algum tempo depois.

Mas na vida nem tudo são flores e, às vezes, nos deparamos com muitos espinhos, e até espinhos venenosos que podem levar à morte. O começo do relacionamento era só encantamento, mas, conforme os meses iam passando, algumas atitudes estranhas de Mauro começaram a surgir.

Certo dia, Elise chegou em casa toda feliz porque ia folgar no feriado e, como seria o primeiro juntos, queria muito planejar algo com seu novo amor. Já tinha pensado em tudo, até mesmo em alugar um local próximo da praia para aproveitarem bastante. Ao chegar em casa para contar a notícia para Mauro, ele pareceu não gostar muito.

[Elise] — Ei, o que você tem? Cheguei tão alegre, já com nossos planos para o feriado prolongado, e você não esboçou nenhuma reação.

[Mauro] — Olha, não gosto quando faz planos sem me consultar.

[Elise] — Mas é só um feriado, nada demais.

[Mauro] — NÃO, não sem a minha permissão.

Naquele momento, Elise ficou sem reação. Sentiu-se culpada e se desculpou com seu amado, afinal, nem perguntou o que ele gostaria de fazer. Até se surpreendeu com sua resposta.

[Mauro] — Ir a lugar nenhum, quero ficar com você só para mim. Vamos assistir TV no sofá e ficar juntinhos.

O feriado chegou, mas nada ocorreu da forma que ele disse que seria. Elise preparou algumas guloseimas para a tarde de TV, mas Mauro teve que sair, dizendo que voltaria logo. Passou o dia todo e metade da noite, e nada dele. Elise tinha se cansado de esperar, tomou um banho e foi dormir chateada. O problema é que essa atitude de Mauro começou a ficar rotineira e, toda vez que Elise queria ir a algum lugar, ele inventava algo para escapar e depois vinha com um agradinho para amenizar a situação. Como ela parecia que enfeitiçada, sempre aceitava.

Mas chega uma hora que qualquer mulher se cansa de ser boba e começa a querer algo mais. Elise tinha uma festa de aniversário da melhor amiga do trabalho e, com certeza, não podia faltar. Então, como nos últimos dias suas tentativas de sair foram por água abaixo, e toda vez que tocava no assunto ele mudava o semblante, Elise começou a pensar em uma estratégia para que desse tudo certo. Naquela noite de sábado, tudo mudou. Elise chegou do trabalho um pouco mais tarde do que o habitual, sem falar na chuva que estava castigando toda a noite. Quando chegou, notou que a casa estava toda apagada. Estranhou, mas imaginou que Mauro estivesse dormindo, afinal, com o friozinho batendo e o barulho de chuva, nada mais gostoso que estar na cama debaixo de um cobertor quentinho. Sendo assim, pegou seu pijama e foi tomar um banho e, ao terminar, deparou-se com Mauro de pé na porta do banheiro e levou aquele susto.

[Elise] — Nossa, que susto, meu amor! Achei que já estivesse dormindo.

[Mauro] — Onde você estava? Não reparou que eu te liguei o dia todo?

[Elise] — Sim, e já disse para não enviar mensagens a cada cinco minutos, pois não posso atender celular nem ficar mandando mensagem a todo instante.

E o inesperado, já esperado, aconteceu. Mauro chegou mais próximo dela de súbito e, com firmeza, colocou a mão por trás de sua nuca, quase arrancando seus cabelos e fitando-a nos olhos.

[Mauro] — Nunca mais fale comigo dessa forma, entendeu? E não quero saber do seu chefe, quero saber da minha mulher e quero saber por que minha mulher chegou a essa hora em casa.

Apavorada, Elise não sabia como reagir.

[Elise] — Mauro, você está me machucando...

[Mauro] — Você não me disse onde estava. Que eu saiba, a loja fecha às 20h e já são quase uma da manhã!

Engolindo em seco, Elise respondeu:

[Elise] — Fiquei sem bateria e não tive como avisar. A loja bateu a meta e combinamos de comemorar comendo uma pizza.

[Mauro] — E você não sabe recusar? Você é casada e não deve se misturar com ninguém.

[Elise] — Mas eles são meus amigos!

Apertando mais forte do que antes, Mauro a olhou como se estivesse possuído e praticamente rosnou que ele era mais importante do que qualquer um, a empurrou contra a parede do banheiro e saiu em seguida. Como nunca havia passado por aquilo, Elise não ficou assustada. Ela estava apavorada e apenas se agachou contra a parede e chorou em silêncio, até ouvir:

[Mauro] — Benzinho, estou te esperando na cama.

O domingo amanheceu e, ao olhar na cama, viu que estava sozinha. Passou a mão e percebeu que o lugar de Mauro já estava frio. Antes de se levantar, ficou pensando no ocorrido da noite anterior e nem passou pela sua cabeça o que o tinha deixado tão frustrado. Após escovar os cabelos e os dentes, trocou de roupa, foi até a cozinha e lá estava ele, terminando de preparar o café, com direito até a flores naturais.

[Mauro] — Ah, não vale, meu amor, você estragou a surpresa! Estava terminando de preparar o seu café e, olha, fui até uma floricultura e trouxe flores porque sei que você gosta.

Vendo que ela ainda não se manifestava enquanto ele falava, foi até ela e começou a pedir desculpas pelo ocorrido da noite passada, dizendo que ela o deixava louco e que era culpa dela por ele perder a cabeça, pois a amava demais e não queria perdê-la. Enfeitiçada, Elise reconsiderou, pediu desculpas e disse que não queria que ele se sentisse dessa forma.

Os dias foram passando e ficava cada vez mais distante a tentativa de ser aquela garota sonhadora de novo. Passou de uma mulher alegre e espontânea para uma mera expectadora de seus próprios sonhos. Mas não parou por aí. Suas amigas e seus familiares começaram a notar a diferença no comportamento de Elise. Quando os dois estavam juntos, pareciam um só, um se movia e o outro copiava, como se fosse uma sombra.

Elise sempre dava uma desculpa, dizia que amava estar próxima de Mauro, para tirarem o foco de seu belo par de olhos cor de mel. E assim, afastando um pouco as pessoas do seu encalço, o tempo passou, mas é claro que essas desculpas não iriam funcionar para sempre.

Ângela e Marielle estavam em mais uma de suas reuniões de apoio a mulheres, e não era fácil conseguir convencê-las a participar. Cada vez que uma delas iniciava e voltava novamente, já era uma grande vitória.

Naquela manhã, não foi diferente. Elas aguardavam uma moça em especial que estavam convidando havia muito tempo. Mayla deu entrada duas vezes no hospital e, das duas vezes, elas lhe fizeram este convite. Para surpresa das duas, dez dias depois da segunda alta, Mayla apareceu na reunião, toda tímida e ainda com muitos vestígios da agressão.

Naquele momento, elas já consideravam um grande passo e fizeram de tudo para que a palestra daquele dia pudesse lhe abrir os olhos para que, assim, conseguisse mudar de vida.

O clube de mulheres vinha crescendo ultimamente. Muitas convidavam suas amigas, outras indicavam para amigas das amigas, e por aí seguia, igual àquela brincadeira do telefone sem fio, mas agora uma brincadeira com uma corrente do bem.

Dias se passaram e Mayla não parou de ir às reuniões. Ângela via em seus olhos como aquele apoio tinha lhe trazido à vida novamente, mas infelizmente ir a lugares assim para se sentir bem não basta, é necessário também dar um fim naquele relacionamento e cortar o mal pela raiz. Era necessário ter a coragem de dar um basta e um ponto-final. E isso não foi exatamente o que Mayla fez.

[Ângela] — Nossa! Estou muito feliz com sua presença, Mayla. Você está bem diferente da pessoa que conheci.

[Marielle] — Concordo, achamos que você está pronta para seguir sua vida sozinha, sem precisar se preocupar.

Mayla, por sua vez, engoliu sutilmente em seco, sorriu e disse:

[Mayla] — Ah sim, claro, eu me sinto de forças renovadas.

O problema é que muitas mulheres sentem medo e inquietação e acabam se autossabotando, e foi exatamente o que Mayla fez, subestimando seu abusador.

Todas estavam sentadas em um semicírculo. Algumas tinham mais intimidade, pois já se conheciam há mais tempo, mas todas se apoiavam mutuamente. As doutoras Marielle e Ângela ficavam no centro da sala com a porta de entrada na lateral. Logo que a conversa iniciou, Mayla estava praticamente de frente para a porta, porém, do outro lado da sala. Estava de cabeça baixa quando uma das mulheres fazia o seu relato e, quando levantou a cabeça, surpreendeu-se com o que viu: parado no batente da porta, estava o seu abusador.

Mayla não sabia o que fazer e permaneceu imóvel sem conseguir falar ou sequer se mover. Apenas sentiu o olhar dele como um soco em seu estômago e sua cabeça começou a latejar, de forma que não conseguia ouvir mais nada. Suas mãos tremiam e ela suava frio. Como iria explicar onde estava para ele? Quando Ângela tirou o olhar de seu caderno de anotações e passou o olhar em toda a sala, deparou-se com a situação, e logo Marielle também percebeu, acionando o segurança do prédio. Levantando-se rapidamente, Marielle pediu que Ângela cuidasse de Mayla.

O rumo da conversa não foi nada agradável e, mediante o que a psicóloga já sabia dele, não tinha mais condições de os dois viverem juntos. Lá no fundo, Mayla sabia o que viria em seguida. Interveio junto ao segurança para retirar o homem do recinto e acionou a delegacia quanto ao ocorrido. Esperto, o rapaz não demonstrava ser perigoso, mas ela já sabia que com esse tipo de comportamento é o que mais deveríamos ficar em alerta. Enquanto a conversa se desenrolava bem devagar com ele, Marielle retornou para sua paciente. Ainda muito abalada, Mayla estava acompanhada de uma policial. Então, Marielle sugeriu que seria naquele momento que ela precisaria decidir qual seria o seu próximo passo.

No trabalho, Elise já não era mais a mesma. As pessoas ao seu redor e, principalmente, sua melhor amiga, Nayara, sempre perguntavam o que estava acontecendo com ela, e Elise sempre fugia das suas indagações. Até que, numa segunda-feira, Elise chegou com sua primeira marca roxa no braço. Sua amiga, é claro, não podia deixar passar e planejou uma forma de conversar com ela longe de olhares e sem que Mauro as encontrasse, já que ele sabia todos os lugares e os horários em que elas almoçavam.

Então, Nayara sugeriu ao chefe de setor que as enviasse para buscar uma mercadoria na cidade vizinha, assim aproveitariam para almoçar e fazer uma consulta de exame periódico que já estava pré-agendado. O gerente, por sua vez, sentindo essa necessidade e vendo que não era um dia de muito movimento, logo liberou o trio para realizar os exames. Nayara não perdeu tempo e já sugeriu os nomes que a acompanhariam: Tânia e sua amiga Elise.

Tendo a oportunidade criada, Nayara sai em busca do que estava acontecendo com sua amiga. Em seguida, Nayara agarra um braço de cada uma e sai para a cidade vizinha para cumprir as tarefas, e logo coloca em prática seu engenhoso plano.

[Nayara] — Amiga, quero te fazer uma pergunta, mas não quero que fique constrangida.

Tânia ficou apenas observando a cena, pois já estava ciente de todo o plano.

[Elise] — Claro que não! Afinal, somos amigas, não somos?

E ambas confirmaram e riram, lembrando-se da situação em que se tornaram grandes amigas. Em seguida, Nayara começa a perguntar como andava o relacionamento de sua amiga e por que escondia tantos detalhes, lembrando-a de que haviam combinado de não esconder nada uma da outra.

Elise ficou um certo momento em silêncio, seus olhos encheram-se de lágrimas e soube, naquele momento, que não aguentava mais guardar aquela sensação horrível só para si. Claro que não queria contar a seus pais, não queria que eles tivessem esse baque, precisava ao menos tentar resolver sozinha, mas essa carga não estava sendo fácil de carregar.

Naquele dia, abriu seu coração para as duas amigas, que, ao ouvirem seu desabafo, compadeceram-se de sua dor e ficaram indignadas. Naquela altura, em mais de sete meses com ele, viam que não eram mais chiliques de ciúmes, e sim apertos, empurrões e até tapas. Até mesmo o roxo no braço que ela tentava esconder teria sido fruto de uma briga no domingo, que, aliás, deixou Elise cheia de marcas.

Suas amigas, enfurecidas, tentaram de qualquer forma persuadir Elise a denunciá-lo ou terminar esse caso sem futuro. Mas aí que perceberam o quanto ela estava presa, pois dizia que o motivo das brigas era culpa dela e por isso não podia deixá-lo, e também que ele sempre se arrependia e se desculpava depois.

O que Elise estava sentindo era claramente pena de seu agressor, o que infelizmente acontece com muitas mulheres, e o que pode ajudá-las é um acompanhamento com especialistas, o que não aconteceu com Elise.

Após um dia cheio de conversas sobre a vida, Nayara tinha apenas uma ideia: contar tudo para outra amiga de Elise, a que trabalhava no hospital, Telma, e faria de tudo para contatá-la.

O final de ano se aproximava e com ele as férias de Elise, que estavam marcadas para meados de novembro. Mauro e Elise já tinham combinado de passar as férias em uma casa de praia para esquecer os problemas e assim tentar curtir a vida o máximo possível.

Débora e Sidnei já estavam havia alguns dias achando o comportamento da filha um pouco estranho. Antes apareciam de visita todos os fins de semana e, depois, foram aparecendo cada vez menos, só de quinze em quinze dias, e isso acabou os deixando cada vez mais distantes. Débora tentava conversar com a filha, mas não entendia o porquê de ela ter sumido.

O dia para as tão esperadas férias chegou, as malas já estavam prontas, a rota para passeios estava completa. Mauro estava muito carinhoso, mas muito misterioso também. Nos últimos dias, ele sempre saía depois que ela dormia. Pegava o carro, saía sem dizer para onde ia e chegava mais tarde ainda, bêbado e com cheiro de outras mulheres. Claro que Elise sabia, pois tinha o sono leve ultimamente.

Da última vez em que tentou confrontá-lo, levou um soco na boca do estômago e, ao ficar imóvel no chão, ele ainda se aproveitou para lhe dar uns pontapés e garantir que ela não falaria mais nada. Após o ocorrido, tudo tinha se intensificado e nada era como antes, apenas pior.

Ela se contentou com a promessa de que o reconquistaria nas férias, e esta era sua chance com ele. Mauro já havia falado que ela tinha ficado paranoica e louca e que as pessoas com quem ela andava eram um câncer para a relação deles. Por essa razão, achava que o casamento dos dois estava um lixo. Acreditavam que, longe de toda essa gente, seriam mais felizes e ela não precisaria de mais ninguém.

Mais uma vez foi iludida, e mal sabia que essa viagem poderia ter uma passagem apenas de ida.

Elise se despediu da irmã, que, com lágrimas nos olhos, disse que não a queria longe e pediu que ela prometesse que ligaria todos os dias. Débora e Sidnei pediram o mesmo, dizendo que se preocupavam com a filha e, num longo abraço com sua mãe, ainda mencionou a ela que poderia voltar para casa quando quisesse e que nada a prenderia. Débora chegou em casa após se despedir da filha, correu para seu quarto e sentiu no peito uma dor imensa, parecia que seu coração estava saindo para fora. Sentia a sensação de que não teria mais sua menina de volta. Sidnei a confortou dizendo que era apenas o medo de perdê-la, mas que isso era normal.

Telma fez de tudo para falar com Elise depois de ter uma conversa longa com Nayara sobre o que estava acontecendo, mas sem sucesso. Todas as vezes que conseguia ligar para a amiga, era Mauro quem atendia, e sabendo como esse tipo de gente se porta, ela se fazia de boba e ele sempre inventava uma desculpa para mantê-las longe uma da outra, pois ele sabia como Telma era feroz em relação a Elise.

Chegando à casa de praia, Elise percebeu que as fotos que ela tinha visto no site de aluguel estavam bem diferentes daquela cabana e resolveu questionar Mauro, que simplesmente respondeu que ela tinha um bocão e queria ter paz a sós, pois sabia que todas as amigas e familiares já saberiam onde se hospedariam. Assim, a viagem não teria graça e resolveu mudar de endereço.

[Elise] — Como assim, não teria graça?

[Mauro] — Querida, vocês mulheres são todas iguais, intrometidas e choronas, não sabem a hora de se calar, não têm respeito. Nesse tempo todo eu tentei, juro que tentei ser impassível, mas a minha quota se esgotou.

Na sequência, ele jogou as malas no chão e trancou a porta, em seguida tirou seu cinto da calça e virou-se para Elise, que, com os olhos arregalados, já levantava as mãos em sua defesa. Ao terminar de espancá-la, disse que se chegasse e as malas ainda estivessem feitas, a segunda dose seria ainda pior.

Depois desse sufoco, Elise estava tão fraca que mal conseguiu sair da cabana.

Ainda abalada, mas feliz por fazer parte do grupo de apoio, Mayla conversou com a Dra. Marielle e confessou que não tinha forças contra o seu agressor. Todos foram muito compreensivos e fizeram o possível para ajudá-la, incluindo arrumar um lugar para ela se reerguer e ao menos ter em quem confiar. O delegado do caso, Dr. Umberto Martins, teve uma ideia melhor, que acabaria de vez com a sua aflição. Experiente nesses casos, traçou uma proposta para pegá-lo em flagrante, mas isso dependeria da aceitação e do comportamento de Mayla. Após explicar a estratégia, todos aguardaram atentos pela resposta de Mayla, que, mesmo com muito medo, assentiu, e assim prosseguiu.

[Delegado] — Senhor Ricardo Silva?

Com a cara mais lisa do mundo, disse:

[Ricardo] — Não entendo o motivo da demora, poderia me explicar por que ainda não pude ver minha esposa? Ela fez alguma coisa? Até agora não entendi o que está escondendo de mim.

[Delegado] — Sim e não. Está tudo bem. Confundimos sua esposa com uma suspeita de assalto no centro, mas já está tudo resolvido. Ela está finalizando a papelada de que precisamos e já está liberada.

O plano do delegado consistia em três fases. Fase um: fazer a denúncia; dois: manter-se em sigilo e não mudar de comportamento para que Ricardo não percebesse nada; e fase três: instalar um aplicativo no celular de Mayla para que, quando estivesse em perigo, acionasse imediatamente um sinal para a viatura mais próxima, que prontamente a socorreria e assim poderiam prendê-lo em flagrante.

Com medo, mas confiante, consentiu, e assim foi a primeira etapa do plano. Teria o fato de ele conseguir pagar a fiança e logo sair em liberdade, mas ela nem sequer sabia sobre as finanças da casa. Pela situação atual, sabia que não iam muito bem de dinheiro. Após a prisão, não voltaria mais para ele e teria o tempo necessário para se mudar e reerguer sua vida antes da suposta liberdade.

Todos estavam animados pela volta de Elise e para saber como havia sido a viagem, pois não tinha graça nenhuma ela esconder todos os detalhes sem postar nem uma foto sequer dos lugares por onde havia passado. Mas, infelizmente, um dia, dois, três, e nada de Elise aparecer. A família se deu conta de que algo estava para lá de errado, e logo todas as amigas começaram a entrar em contato. Pressentindo algo, Telma foi quem bateu na porta da mãe de Elise e lhe contou tudo o que já sabia.

Mauro tinha pensado em tudo ou pelo menos quase tudo. Todos os dias tinha uma mensagem de caixa postal diferente. Ele fez Elise gravar alguns áudios e ia trocando sem que ao menos ela pudesse tocar no celular. Nos últimos dias das férias, ele deu fim aos celulares, ficando sem comunicação.

A polícia foi acionada e as buscas começaram. Foram direto ao destino que Elise havia mencionado e não acharam nada, apenas uma desistência anterior à data de entrada, e nem chegaram a fazer *check-in*. Tudo fora pensado milimetricamente pela mente psicopata de Mauro.

Tudo estava indo conforme os planos do detetive, mas imprevistos podem acontecer.

A noite de sexta-feira estava apenas começando quando Ricardo chegou em casa já alterado pela bebida e, consequentemente, de pavio curto. Nada poderia estar fora dos seus padrões. Não custou muito, bastou ele chegar e não encontrar Mayla em casa para que fosse o estopim. Assim que ela chegou, mal abriu a porta e já foi recebida com gritos:

[Ricardo] — Sua vadia, onde você estava? — e com seu jeito grotesco já a puxou pelo braço.

[Mayla] — Fui à padaria comprar pão.

[Ricardo] — Eu sei bem a padaria aonde você foi, e vou te ensinar como se faz pão.

Mayla sabia que não seria fácil, pegou o celular e tentou acionar o aplicativo para pedir ajuda, mas não sabia o que estava acontecendo, pois ele não estava funcionando corretamente, dava erro. E quando menos esperava, recebeu uma pancada nas costas.

[Ricardo] — Está ligando para quem, hein? — e chutou o telefone para longe.

Agora o que restava era morrer ou lutar. Demorou um pouco para processar o que seria, mas pensou em ser livre de novo. A sensação foi tão boa que, se tivesse isso por mais tempo, poderia fazer o que quisesse. Foi nisso que Mayla pensou, em ser livre. Tomou a atitude e lutou. Não foi fácil, já teve um braço e duas costelas quebrados, e se tivesse que pagar com mais uma costela quebrada pela sua liberdade, valeria o preço.

Uma briga de corpo entre os dois se iniciou, o objetivo de Mayla era apenas pegar o celular e discar para o número de emergência que havia colocado em discagem rápida. A luta foi tão intensa que quebrou a casa inteira, todas as suas forças já estavam se esvaindo quando finalmente alcançou o celular, conseguiu clicar na discagem rápida e jogou o celular debaixo do sofá. Do outro lado da linha, uma voz de mulher atende.

[Marielle] — Marielle falando!

Quando olhou no visor, percebeu que era ligação de Mayla e era sinal de que o plano estava em andamento. Logo pegou o outro telefone e discou para a polícia local, denunciando o ocorrido. Na sequência, o delegado Umberto se dirigiu para a casa de Mayla.

[Ricardo] — May, abre a porta, meu amor! O que aconteceu com você?

Chorando e tremendo, toda ensanguentada, não sabia mais o que fazer a não ser esperar a morte chegar. Ela não sabia se o resto de força que tinha iria aguentar mais um tempo enquanto segurava a porta. Nem sabia se o plano B havia funcionado.

Decidido, Ricardo pegou um machado e começou a bater na porta. Tinha se cansado de esperar e ia abri-la de todo jeito. Assim que abriu, Mayla viu fúria nos olhos de Ricardo — nunca tinha visto nada igual antes. Era como se ele estivesse possuído por um demônio. Quando se aproximou, pegou o dela pescoço e começou a apertar. Ficou excitado e rasgou as roupas de Mayla, que ainda tentava não deixar transparecer seu nojo. Vendo que, lutava muito, ele apertou mais ainda seu pescoço, deixando-a sem ar.

Mayla só pensava em Deus e rezava, não tinha mais forças para lutar, sabia que tinha feito tudo o que podia. Já estava livre psicologicamente dele, mas não sabia se sobreviveria a isso. Sentia o corpo todo latejar, a cabeça parecia que iria explodir e já não sentia mais a própria língua. Talvez seu tempo de libertação chegara, finalmente.

Passados alguns dias, nada de notícias concretas de Elise. Dada como desparecida, passou a ter seu rosto estampado em todos os jornais e noticiários da TV. A frase "Onde está Elise?" estampava as chamadas e manchetes de jornais.

A família e os amigos faziam campanhas na internet para que a foto dela viralizasse, quem sabe assim teriam alguma notícia de seu paradeiro.

Débora e Sidnei já não aguentam mais os jornalistas abutres tentando uma entrevista exclusiva com eles. Só tinham perguntas, notícias reais que é bom, nada. Estavam na delegacia para dar mais informações no momento em que o telefone de Sidnei tocou. Era uma tal de Tânia, dizendo estar no centro da cidade e que acabara de ver o Mauro.

[Sidnei] — Você o quê? Fala mais devagar — e colocou o celular no viva-voz.

[Tânia] — Sim, eu vi o Mauro e estou seguindo ele.

O delegado toma a frente.

[Delegado] — Onde você está? Em qual rua?

Assim, explicando os detalhes, o delegado preparou duas equipes, uma para o centro e outra para tocaia da casa, pois com mandado ou não eles invadiriam o apartamento. Mantiveram o contato por telefone e foram ao encontro de Tânia, que estava de tocaia. Chegando, cercaram o perímetro e aguardaram a saída dele. Não demorou muito e, assim que Mauro avistou o primeiro policial, começou a correr pelas ruas da cidade. As ruas do centro de Mogi, onde fica a maior parte das lojas, eram estreitas, algumas nem tinham acesso de veículos, e logo a caçada começou. Como o perímetro estava cercado, para qualquer direção que ele fosse, mais cedo ou mais tarde seria pego, e foi.

Na delegacia

Todas as perguntas foram feitas e nenhuma delas respondida. A única coisa que Mauro disse foi: "Quem é Elise?"

O juiz liberou o mandado e o apartamento dele foi revirado, mas o psicopata Mauro tinha pensado em tudo, teve tempo de eliminar todos os vestígios de Elise. Até mesmo nas câmeras de segurança. Mas o que ele não esperava é que uma fita não tinha sido alterada e, se essa fita aparecesse, seria o suficiente para incriminá-lo. Ele era bom, mas nem tanto. Os *hackers* da polícia haviam restaurado um *notebook* achado na casa. Mauro alegava que era dele, mas na verdade pertencia à Elise. A esperança de uma única pista de onde ela pudesse estar finalmente foi encontrada. Todos estavam aflitos para o término da atualização. Acabaram por descobrir um diário *on-line* após todo o sistema ter sido recuperado. Nem os pais de Elise sabiam de um diário da filha. Raquel estava tão abalada com a situação que já não dormia e nem comia direito. Só pensar em não ver mais a irmã fazia seu estômago revirar.

[Policiais] — Chefe, abriu...

Após horas lendo e assistindo ao diário, eles agora sabiam exatamente onde procurar por Elise.

[Débora] — Delegado, e aí, tinha alguma pista nos diários?

Ele respirou fundo e com pesar disse:

[Delegado] — Sim, temos uma pista.

[Débora] — Onde está Elise? Ela está viva?

[Delegado] — Não podemos confirmar.

[Mayla] — Acordei com uma claridade no meu rosto. Será que estou no paraíso ou estou sendo trolada?

[Ângela] — Olá, Mayla, como está se sentindo?

[Mayla] — Dr. Ângela e Marielle? Onde estou?

[Marielle] — Oi, querida, quase perdemos você. Foi por pouco...

[Mayla] — Mas e o...

[Ângela] — SHHH... Fique tranquila e descanse, está tudo bem. Ele foi detido!

Assim que Mayla se recuperou, agradeceu às amigas que entraram em sua vida como anjos. Despediu-se e resolveu sair da cidade até que Ricardo fosse enfim julgado e sentenciado.

Enquanto isso não acontecesse, ela ficaria bem longe dele. Quem sabe se sentiria segura algum dia.

⁂

Descendo para o litoral de São Paulo sentido Bertioga, região conhecida por ter várias praias, havia dois lugares possíveis para o início da procura por Elisa. Foram emitidos um alerta e fotos da garota para ajudarem nas buscas.

Todos já estavam com os ânimos à flor da pele. Antes de sair da delegacia, Sidnei agarrou no colarinho de Mauro e, ríspido, cuspiu as palavras:

[Sidnei] — Onde está Elisa? Onde a deixou? Te tratamos como filho e é assim que nos trata? Roubando a nossa garotinha e escondendo-a de nós?

Mauro olhou, rindo com deboche, e sussurrou:

[Mauro] — Ela não foi a primeira e não será a última!

Os nervos se alteraram ali e saíram tapas e puxões por todo lado. O delegado ouviu muita baboseira, mas nada fazia sentido. Apenas uma única palavra ficou clara e ao mesmo tempo esquecida: ilha.

A equipe de busca estava a todo vapor, mas a região de praias é enorme e não dá para cobrir completamente. Então, em alguns dias, as buscas cessaram e a família, inconformada, ficou sem resposta.

Para crimes assim, à medida que o tempo passa, a possibilidade de encontrar as vítimas vivas vai diminuindo e claro que Sidnei já pensava no pior, mesmo que não quisesse admitir para não abalar a fé da esposa e da filha Raquel. Ele sentia que não veria mais Elise. Decidiram contratar um detetive particular indicado pelo delegado, que, comovido com a situação, não pararia a busca até encontrar um indício concreto.

Elias, um detetive renomado, aceitou o serviço e juntou todas as informações que conseguiu, incluindo o vídeo do último encontro de Sidnei com Mauro, e já notou que no momento da briga ele balbuciou a palavra ilha. E essa foi a palavra-chave para o início das buscas, que não demoraram.

Na manhã da terça-feira seguinte, às oito horas, já saiu atrás de respostas. Sua primeira pista seria a primeira ilha depois de Bertioga, seguindo pela Rodovia Dom Paulo Rolim Loureiro e pela BR-101, de mais ou menos 86 km. Com sorte, levaria uma média de duas horas e meia para chegar à praia de Juqueí, de lá poderia pegar um barco a motor até a ilha.

Ao chegar ao destino junto com seu ajudante, o detetive fez de tudo que estava ao seu alcance para encontrá-la, revirou todas as cabanas que foram alugadas e nada, nenhum vestígio da jovem. Para ele e seu ajudante, a ilha era muito extensa e teriam que pensar como Mauro para localizarem algo. Não podiam fazer esse serviço de qualquer jeito, teriam de olhar minuciosamente. O que estavam deixando passar?

A ilha tinha entradas por quatro lados, então, sem cessar, continuaram a busca. Mais um dia passou, ainda sem rastros. Até que o detetive voltou sua atenção para os hóspedes pagantes das pousadas com cabanas privativas em meio à natureza exuberante da região. Solicitou a lista de quem havia passado por ali nos últimos três meses e os nomes dos turistas que ainda estavam por lá. Após este pente-fino, finalmente um dos funcionários de uma pousada lhe disse que um hóspede pagou adiantado em dinheiro vivo por dois quartos específicos para exatos quarenta e cinco dias, fato que lhe chamou a atenção, mas, como passavam por lá turistas estranhos todos os dias, não pensou muito até o momento. O detetive pediu para averiguar o mapa e, por fim, seguiram rumo à cabana mais escondida da propriedade.

Quando chegaram, bateram na porta chamando algumas vezes, mas ninguém respondia. Como o detetive não era bobo, molhou a mão de alguns funcionários para abrirem a porta fingindo ser da limpeza de quarto. Na hora em que um funcionário conseguiu abrir a porta, que aparentemente estava vedada com vários plásticos, já sentiram um odor de podre pelo ar.

Chamaram a polícia local e viram que não havia um corpo no local, mas sim vários corpos em sacos plásticos; alguns em estado avançado de decomposição e outros apenas eram ossos além de roupas, malas e documentos. A área foi isolada, a perícia foi acionada, junto com a de Mogi, para reconhecimento dos cadáveres.

Voltando a Mogi, no Instituto Médico Legal, foi solicitada a presença de Sidnei na delegacia para fazer reconhecimento de um corpo.

O brado da liberdade

TAUÃ LIMA VERDAN RANGEL

*Em homenagem às mulheres que
sobreviveram à violência doméstica*

"Mais um dia está começando. Qual vai ser a desculpa que terei que inventar? Bati com o rosto no armário do banheiro ou na quina da cômoda? As pessoas sabem a verdade. Tenho certeza disso. Ninguém chega toda semana com um hematoma em partes diferentes do corpo", pensou Marina.

Marinha tinha 29 anos, era professora de história. Tinha prazer em lecionar diariamente e ver o processo de aprendizagem de seus alunos, mesmo recebendo um salário baixo. Cada dia era um desafio, mas os resultados colhidos incentivavam-na a não desistir da profissão que exercia.

Ainda sentindo o rosto dolorido pela surra recebida no dia anterior, Marina se levantou para lavar a face e preparar o café da manhã. Indo em direção ao banheiro, evitou olhar para o espelho e ver seu rosto mais uma vez ferido. Contudo, não conseguiu apenas lavar o rosto... precisava ver o rosto. De pé, diante do espelho, Marina conseguiu ver as marcas que sua face apresentava pelas agressões e violências sofridas. O sangue na região do nariz estava seco e o olho direito estava roxo. Sentia as maçãs do rosto muito doloridas e alguns hematomas já começavam a se formar em seu corpo.

Já nem conseguia se lembrar de quantas surras e agressões tinha sido vítima desde que estava com Pedro. Quem era Pedro? O homem de fala macia e encantadora e que manipulava habilmente as pessoas. Era O príncipe encantado que se transformou no vilão da vida de Marina. Há quatro anos desempregado, Pedro havia desistido de trabalhar, pois o salário de Marina era capaz de manter a casa e, ainda, garantia que ele pudesse beber todos os dias. Sempre com uma desculpa diferente. Sempre agressivo. Sempre violento.

Em um relacionamento abusivo há cinco anos, Marina "aprendeu" a conviver com as frustrações, com os excessos e com a violência que sofria de Pedro diariamente. Examinando-se diante do espelho, Marina ficou, por um minuto, apenas parada, correndo os olhos pelo rosto e pelo corpo. Não conseguia mais identificar a pessoa refletida. Não era mais a Marina da qual tanto se orgulhava. Não era a mulher corajosa que superava os obstáculos e não temia os desafios.

Ao contrário, o reflexo denunciava uma mulher fraca, doente e dependente. Uma dependência letal e que a feria: a dependência emocional por Pedro. Ao pensar em tudo que passava, uma lágrima quente escorreu pelo seu rosto. Não sabia em que momento de sua vida tinha permitido que tudo aquilo começasse ou, ainda, que Pedro subtraísse sua sede por viver, sua busca por ter uma família harmoniosa e sua necessidade de se realizar como mulher.

— Marina! Onde você está? — gritou Pedro do quarto do casal.

— Pedro, estou aqui no banheiro — ela respondeu, enxugando com uma das mãos a lágrima que escorria.

— Espero que o meu café esteja preparado. Acordei com fome — gritou novamente Pedro.

— Eu vou preparar agora — tentou justificar Marina.

Ela sentiu quando Pedro se levantou da cama. O coração acelerou, temendo que ele fosse violento pela manhã. Sorte de Marina que não tinha aula naquele dia pela manhã. As suas aulas eram apenas no período da tarde e no período da noite, tempo necessário para tentar colocar compressas e desinchar o rosto ferido pelas mãos de Pedro. Encostando-se no batente da porta do banheiro, Pedro lançou aquele olhar que Marina tanto temia. Era o olhar que sempre precedia as surras que ela levava.

— Eu não vou precisar amaciar você logo pela manhã, né? — disse Pedro, com um sorriso sarcástico na face.

— Não. Estava apenas lavando meu rosto — respondeu Marina com a voz baixa e temendo apanhar naquele momento.

— Lava direito. Ainda tem sangue perto do seu nariz — falou Pedro em tom triunfal e andando pelo corredor.

Secando o rosto, Marina foi em direção à cozinha e preparou o café para Pedro. Ainda estava com a sensação de peito apertado e vigilante. Encostada na pia e com um copo com café, ficou relembrando a surra recebida no dia anterior. Pedro, como de costume, havia chegado um pouco embriagado, depois da partida de futebol com os amigos. Também como de costume, entrou jogando as chuteiras pela casa e a roupa suada pelo corredor. Marina tinha acabado de limpar a casa, depois de um dia cansativo de trabalho, e pediu que Pedro não fizesse aquilo. Pediu que ele recolhesse a roupa e a chuteira e colocasse no banheiro para manter a casa limpa.

O pedido, porém, soou como uma ofensa para Pedro. Vindo do quarto como uma fera desembestada, ele veio em direção a Marina, gritando e esbravejando sobre o que ele pedira. O simples pedido dela foi o suficiente para desencadear mais uma surra, com socos e pontapés. Os minutos que a surra durou pareciam intermináveis. Marina pedia que Pedro parasse de agredi-la, mas tudo isso foi indiferente a ele. Quanto mais ela gritava por ajuda e por socorro, maior a ira de Pedro se tornava. Ele, no final, foi para o quarto dormir, enquanto ela, mesmo ferida, ficou recolhendo as coisas que haviam saído do lugar. Voltando a si, Marina pôs-se a pensar sobre tudo que estava passando e como era um abismo sem fim. Parecia que jamais conseguiria ter um pouco de paz ao lado de Pedro, e isso a deixava ainda mais dependente dele.

Algumas horas depois, Marina partiu em direção à escola, pois tinha aulas no turno da tarde, a partir do segundo horário. A escola ficava localizada em uma comunidade pobre da cidade. As crianças e os adolescentes já tinham presenciado episódios de agressões no interior de suas residências e eram capazes de identificá-las. Envergonhada pelo olho roxo no rosto, Marina caminhou até a sala dos professores. Era perceptível que todos sabiam, de fato, o que ocorrera, e os olhares de pena eram mortificantes demais. Um pouco sem graça, Marina puxou a cadeira e se sentou. Marta, uma professora mais antiga, após todos saírem, se aproximou de Marina. Havia um olhar consternado na face daquela experiente mulher.

— Marina, querida, o que aconteceu? — perguntou Marta.
— Eu sou muito desajeitada. Acabei acertando meu olho no armário do banheiro, ontem à noite — respondeu Marina, claramente constrangida pela pergunta da colega de trabalho.
— Sabe, Marina, eu também vivia acertando o meu rosto nos armários e cômodas da minha casa. Era quase diário o meu comportamento desajeitado. Certo dia, eu vim trabalhar e estava com o olho roxo, tal como o seu. Entrei em sala para lecionar. Ministrei minha aula normalmente. Após tocar o sinal do recreio e a sala esvaziar, uma das minhas crianças se aproximou e questionou o porquê do olho roxo. Eu respondi que tinha acertado na cômoda do quarto. Um pouco pensativa, a criança olhou-me por um minuto e depois disparou que eu não precisava ter vergonha. A mãe dela também apanhava do marido — disse Marta, com uma voz de conforto e alento.

Não conseguindo conter as lágrimas, Marina abaixou a cabeça e chorou copiosamente. Marta, com um pouco mais de vivência, explicou que relacionamentos abusivos são destrutivos e é preciso, antes de tudo, recuperar a dignidade. Como professoras, eram exemplos para os alunos e precisavam ter a altivez de se valorizar para inspirar aqueles que ensinavam. Colocando-se à disposição de Marina, de uma maneira bem própria, saiu pela porta para ministrar sua aula.

Recompondo-se do choro, Marina ficou pensativa, principalmente sobre o teor das palavras de Marta. Como poderia inspirar seus alunos a se valorizarem em sua individualidade se ela mesma não o fazia? Relutava em reconhecer, mas não havia futuro para o relacionamento com Pedro. Ele não queria construir uma vida em comum, mas sim ter alguém que pudesse sustentá-lo e suprir suas necessidades. Isso não era um projeto de vida, era um abismo sem fundo do qual ela precisava sair.

Indo em direção à sala de aula, Marina temeu que os alunos fossem capazes de identificar a agressão que ela sofrera. Entrou em sala e, como de costume, com um sorriso no rosto principiou sua aula. Naquele dia, falaria da princesa Isabel e do processo de libertação dos escravos no Brasil. "Liberdade!" A palavra ecoou por sua mente e, tal como um grito abafado, queria sair de sua boca e ganhar o mundo. Por alguns segundos, pensando nisso, Marina emudeceu diante de seus alunos, até que um deles questionou se havia acontecido alguma coisa. Ela, voltando a si, continuou com o sorriso aberto e lecionando seu conteúdo. Os olhinhos vidrados em sua fala eram a melhor e maior recompensa que poderia ter.

Em segredo, Marina começou um acompanhamento com um profissional a fim de tratar a dependência emocional que tinha de Pedro. O acompanhamento seria imprescindível para que pudesse administrar toda a situação em que se encontrava. Algumas agressões sobrevieram no curso do tratamento, mas Marina não se via mais com Pedro ao seu lado. A dependência que tinha foi, aos poucos, sendo eliminada, e o respeito próprio, de que tanto se orgulhava, retornou mais intenso e mais vívido. Três meses de acompanhamento e uma desintoxicação forte da presença de Pedro fizeram com que Marina fosse capaz de se fortalecer.

Pedro notara a mudança no comportamento de Marina, mas tinha certeza que ainda conseguiria exercer seu poder de dominação sobre ela. Ela não seria capaz de revidar suas agressões. Numa noite, Pedro entrou embriagado pela sala e Marina, vendo seu estado, moveu-se para a cozinha. Ele, porém, estava decidido a dar outra surra na esposa. Ele avançou violentamente em direção a ela e, antes que pudesse desferir o primeiro soco contra o rosto de Marina, ela gritou com todo o ar de seus pulmões:

— Não se atreva a tocar em mim de novo! Eu não vou ser espancada por você em silêncio! Se você tocar em mim, eu acionarei a polícia!

Pedro, pela primeira vez, recuou. Havia temor nos olhos dele e convicção nos dela. Determinada, ela foi em direção ao quarto e pegou todas as coisas de Pedro, colocando-as em uma mala. Era o fim. Não poderia continuar vivendo naquela situação. Tinha amor-próprio. Tinha respeito próprio. Tinha consciência de que uma relação não existe se for destrutiva. Enfim, liberdade...

Renascida

E.C. REYS

OBSERVAÇÃO DA AUTORA: Este conto é baseado em uma história real e pode conter gatilhos emocionais para pessoas sensíveis.

Bip, bip, bip...

Ouço o barulho, mas não consigo identificar do que se trata. Tento ver onde estou e não consigo, algo me impede de abrir os olhos. Tento levar as mãos ao rosto e também não consigo. Minha cabeça parece pesar uma tonelada, me esforço para falar e já não me surpreendo de não conseguir. Um torpor abençoado enevoa minha mente e mergulho na inconsciência novamente.

Bip, bip, bip...

Novamente esse barulho. Agora, além da escuridão, sinto um incômodo no nariz, minha cabeça já não incomoda tanto. Tento abrir meus olhos, sinto minhas pálpebras se levantando e a claridade me cega momentaneamente. Aos poucos, minha visão volta ao foco, ou o mais próximo possível disso. Vejo as sombras dos objetos que me rodeiam, o cheiro e os sons são o suficiente para que eu saiba que estou em um hospital.

O barulho que ouço é de uma das máquinas a que estou conectada. Reconheço um monitor de frequência cardíaca e a saída de um tubo de oxigenação, a causa do incômodo no meu nariz, o cateter desse equipamento.

Tudo para mim são tentativas. Procuro organizar meus pensamentos aceitando que, apesar de não estar em uma situação favorável, imobilizada a uma cama de hospital, estou viva, e isso me dá um alívio enorme.

Uma enfermeira entra no quarto e vem sorrindo falar comigo. Depois vou descobrir que não é um quarto, é uma sala de UTI. Ainda não sei o que aconteceu, mas ver os lábios dela se mexendo e não conseguir entender o que ela fala me faz sentir um desespero tão grande que a máquina começa a apitar com mais intensidade.

Mais duas pessoas se juntam a ela, mexem nos equipamentos, conversam entre si, e junto com uma tentativa de inspiração profunda sinto a volta da inconsciência chegando.

Bip, bip, bip...

Dois pares de olhos me observam atentamente. Um é da mesma enfermeira que vi antes. Agora está acompanhada de um homem de jaleco, impossível saber se é um enfermeiro ou um médico. Ele gesticula para ela, que vai em direção a um dos aparelhos, presumo que seja o médico. Quero perguntar o que aconteceu, por que estou aqui, como vim parar aqui e tantas outras coisas, mas não consigo mexer minha boca, as palavras ficam presas na minha garganta, que, por sinal, dói muito.

Ele começa a falar comigo. Com cuidado, movimento minha cabeça de um lado a outro e ele percebe que não compreendo. O mundo se transformou em um lugar desfocado, com sons confusos para mim. Sei que estou sem os meus óculos e que não enxergo perfeitamente com cinco graus de miopia, mas parece que tudo ficou mais sombrio ainda com os sons embaralhados. Nunca imaginei que um dia fosse poder entender tão bem a expressão "silêncio ensurdecedor".

Tento acompanhar os movimentos dos dois, mas minha mobilidade é mínima. Aos poucos, vou tomando consciência do estado em que me encontro. Estou sem o tubo no nariz, devo ter melhorado, minha respiração não é mais mecânica. Tento inspirar com força, mas a tentativa de encher meus pulmões de ar me causa dor e desconforto. Decido esperar e continuo olhando o que posso.

Espero ver o fio do soro em um de meus braços e, para minha surpresa, vejo minhas mãos enfaixadas. A esquerda, a que uso, pois sou canhota, com pinos de parafusos saindo da atadura que a enfaixa, aí entendo o porquê de não ter conseguido levar as mãos ao rosto. Tento enxergar meus pés. Uma perna está levantada, dobrada em algo que parece uma escada e engessada, a outra está esticada na cama coberta pelo lençol. Não sei o que passou por cima de mim, mas fez um baita estrago.

Médico e enfermeira retornam ao meu escasso campo de vista e mostram um crachá, onde leio: Rodrigo, médico intensivista. Fecho os olhos por um momento diante da confirmação de que estou em uma UTI. Ao reabrir, vejo o outro crachá: Paula, enfermeira intensivista. Paula mostra uma folha em que está escrito: "Você consegue ler?" Aceno afirmativamente. E assim, por meio de bilhetes curtos e acenos de cabeça, me comunico com eles e mais tarde com minha família, quando recebem permissão de me visitar.

Consigo entender as palavras, nada falado rápido, fico desnorteada, mas o suficiente para ouvir o que aconteceu comigo. Seria cômico se não fosse trágico que eu não pudesse chorar nem falar algo sobre meu estado. Ouvir calada nunca foi uma característica minha. Nesse caso, não tenho opção e acho mesmo que não teria palavras para descrever o choque e a incredulidade que senti ao saber da extensão de meus ferimentos.

Estou nesse leito de UTI há 16 dias, estava em coma. Meu primeiro sinal de vida foi há onze dias, quando tentei abrir os olhos depois de ouvir o som do monitor de frequência cardíaca. Não abri porque eles estavam fechados de tão inchados. Fui sedada e voltei ao coma. Mais três dias e tentei novamente "acordar", mas a dor quando inspirei soou o alerta em uma das máquinas e mais uma vez fui sedada.

O que eu achei que tivessem sido horas foram mais dois dias, quando então Rodrigo e Paula deixaram de ser vultos e recuperei de vez a consciência.

As lembranças do que aconteceu e minha memória são outra coisa. Não lembro como vim parar em um hospital com o rosto desfigurado, olhos com hemorragia e um deles com um trauma na córnea, maxilar, punhos, costelas e perna esquerda quebrados e hematomas por todo o corpo. Talvez um acidente de carro, foi o que pensei a princípio. Hipótese que logo se revelou errada.

A expressão no rosto das pessoas de minha família dizia outra coisa. Percebi que não queriam me contar, estavam receosos de me fazer sofrer mais, no entanto, nada mais poderia me machucar tanto. Pelo menos era o que eu achava até, de repente, lembrar-me de tudo...

Dezesseis dias antes...

É a décima vez que Afonso liga, já mandei mensagem dizendo que não posso atender, ele já viu e ainda assim insiste. Vejo mais uma mensagem desaforada no WhatsApp e ignoro, não vou ficar dando corda, já estou estressada o suficiente. Decido colocar o telefone no modo avião, tenho bastante trabalho para fazer e vou acabar ficando louca.

Que saco! Precisamos conversar. Começou a ter crises de ciúme do nada e a cada dia que passa fica mais insuportável. É uma perseguição com mensagens e ligações a todo momento, ele não é grosso, mas é chata e muito incômoda essa situação.

De hoje essa conversa não pode passar, não aguento mais. Sempre penso que tem tanta história louca por aí que é melhor não arriscar, mesmo sendo altamente improvável, e é difícil até imaginar, o educado, gentil e simpático Afonso, cirurgião vascular, sendo grosseiro ou violento. Mas ele não vai mudar, não tenho ilusões quanto a isso e não vou esperar que ele pire de vez e me agrida. Quem vai ficar paranoica sou eu!

Faltando meia hora para o fim do expediente, volto o celular ao modo normal e, meu Deus!! Tem um zilhão de chamadas e mensagens, 98% dele. Uma mistura de raiva e tristeza me invade. Tristeza porque gosto dele, gosto muito, é mais que meu namorado, é meu amigo e companheiro desde a época do colégio. Raiva porque não é meu dono, sabe que não gosto desses ciúmes excessivos sem fundamento e na última mensagem de voz me ameaçou, disse que eu ia me arrepender e pagar caro por não ter respondido a ele. Isso eu não posso, e não vou permitir.

Ligo para ele, que me atende no primeiro toque e diz que está indo me buscar, que tem uma surpresa para mim. Fico tão aliviada que nem me passa pela cabeça o tipo de surpresa que me aguarda. Em vinte minutos, Afonso chega e entro no carro dele. Nunca vou com o meu, ele me leva e busca todos os dias e hoje é só mais um desses.

Entro no carro e Afonso continua calado. Pergunto se está tudo bem e ele me pede para esperar um pouco, que está aguardando uma ligação. Como é comum que ele receba ligações do trabalho a qualquer hora, aguardo e começo a mexer no meu celular. Não percebo quando ele para em uma rua pouco movimentada e me assusto quando ele arranca o telefone celular da minha mão com um tapa.

A partir daí, começou um verdadeiro pesadelo do qual não tenho certeza, ou talvez não queira lembrar, de todos os detalhes do que aconteceu.

Fui puxada para fora do carro e levei o primeiro soco no rosto ao mesmo tempo que ele gritava para que eu pedisse desculpas. Fiquei tão surpresa e atordoada com a agressão que não tive reação imediata e não soube o que dizer. Só me passava pela cabeça perguntar por que eu devia me desculpar enquanto ele me atacava com fúria.

Cada vez que eu perguntava por que tinha que me desculpar, levava outro soco, até que me desequilibrei e caí. Senti meus cabelos sendo puxados, me forçando a levantar, e quando fiquei de joelhos ele repetiu que eu iria ter que pedir desculpas.

Percebi ali que ele não ia parar se não ouvisse o que queria, e como não havia pessoas por perto para me socorrer e me ajudar, pedi desculpas, mas cometi o erro de completar a frase com um "desculpe por tudo, até pelo que eu não sei".

Isso só aumentou mais a raiva dele. Eu não conseguia reconhecê-lo, não era aquele Afonso que eu encontrava todo dia. Aquele homem na minha frente era um monstro, violento, insano, um psicopata que tinha se transformado num piscar de olhos.

Ele me jogou no chão e continuou a me agredir, dessa vez me chutando. A essa altura, meus olhos já estavam inchados e provavelmente uma ou duas costelas já estavam quebradas dos chutes. Ainda assim, ele me sentou novamente no chão e me mandou pedir desculpas mais uma vez.

Engoli em seco, tentando controlar a dor que estava sentindo para pedir desculpas como ele queria, demorei e recebi um soco no estômago em resposta. Nesse momento, eu me descontrolei e comecei a gritar várias vezes "Desculpa, desculpa, desculpa, desculpa, desculpa, desculpa...".

Achei que ele ia parar, mas ele me puxou pelo cabelo novamente e mandou agradecer por ele cuidar de mim. Fiquei com um pavor imenso, porque ao mesmo tempo que ele disse isso, retirou do bolso um par de algemas e disse que era o meu presente, a surpresa para mim.

Não conseguia pensar, estava tão aterrorizada que só olhava para os lados na esperança de que aparecesse alguém ou um carro que pudesse me ajudar. Ele algemou as minhas mãos, me levantou e tentou me puxar de volta para o carro. Posso senti-las em mim enquanto escrevo, e o pavor que senti.

Não quis entrar no carro, tinha certeza que ele iria continuar a me agredir e já não sabia se ele pararia antes de me matar. Empurrei-o e tentei correr, tropecei nos meus próprios pés e caí novamente, só que dessa vez não levei chutes aleatórios.

Além de cirurgião, Afonso era praticante de Muay thay, sabia a potência de seus chutes. Com um pisão, ele quebrou a rótula do meu joelho esquerdo, com outros dois esmagou meus punhos ainda presos pelas algemas; nesse momento, graças aos céus, eu já tinha perdido a consciência.

Um casal passando de carro pela rua contou depois que viu um homem arrastando o que parecia ser um saco de roupas ensanguentado, que eles perceberam ser uma pessoa. Começaram a buzinar e desceram para perguntar o que havia acontecido, o homem explicou que estava passando de carro e viu o vulto jogado na rua, que o estava levando para socorrer. Quando percebeu que o casal se olhou com desconfiança, me soltou, saiu correndo e fugiu.

Um outro carro já havia parado, e enquanto chamavam uma ambulância, recolheram minhas coisas que haviam sido jogadas na rua, bolsa e celular. Foi como a polícia conseguiu contatar minha família quando dei entrada na emergência.

〰️

Algumas lembranças doem como se fossem feridas físicas, assim como algumas feridas físicas doem com as lembranças. E isso não é clichê. Afonso me machucou muito, foi cruel e brutal, me roubou um ano inteiro entre cirurgias de reconstrução e terapia para me recuperar. Eu tive sorte por ter sido socorrida a tempo e estar viva.

Tenho sequelas permanentes daquele dia, perdi grande parte da visão do olho esquerdo e tenho uma lente rígida implantada sob a córnea, que foi deformada. Não escrevo mais com a mão esquerda. Enquanto o pulso do lado direito foi fraturado, no esquerdo os ossos foram esmigalhados, nervos rompidos, e entre pinos, fios de platina e muita fisioterapia, precisei de dez meses para abrir e fechar a mão parcialmente.

Depois de uma cirurgia de reconstrução total dos ligamentos do joelho e mais alguns pinos, consigo andar quase normalmente. Passei três meses me alimentando de líquidos enquanto os pinos de fixação do meu maxilar, um de cada lado da mandíbula, pudessem solidificar e me permitir mastigar novamente.

Mas essas são sequelas físicas, a gente aprende a conviver com elas, outras limitações é que são muito difíceis de aceitar. Meu organismo não aceitou bem o impacto de tantas agressões e, segundo os médicos, foi a gota-d'água para desenvolver uma síndrome mielodisplásica, que, grosso modo, é uma falha na produção de células saudáveis pela medula, que me acompanhará pelo resto da vida, e ainda não é a pior consequência.

Afonso era, ou parecia ser, uma pessoa normal, um homem ciumento sem ser excessivo até bem próximo de tudo acontecer. Nunca havia dado um empurrão, um aperto mais forte no braço, gritado, humilhado nem nada parecido. Ninguém desconfiaria, e ele próprio afirmou que não entendia como tinha perdido o controle e feito o que fez, pretendia somente pedir uma explicação. Não acredito nisso, mas ainda hoje, revivendo o ocorrido, não consigo perceber momento nenhum em que pudesse dar uma pista do que ele seria capaz.

Afonso foi indiciado por lesão corporal grave. O delegado achou que uma briga de casal, mesmo eu não tendo esboçado nenhuma reação, em que "não houve uma fatalidade", não poderia ser considerada tentativa de homicídio. Foi condenado, pagou fiança, pagou por cestas básicas, pagou para não fazer trabalhos comunitários e foi embora da cidade.

Muito se ouve de casos de feminicídio e agressões a mulheres, como se todas essas situações fossem possíveis de serem evitadas ou passíveis de serem reconhecidas, e não são. Esta história é sobre superar e sobreviver a acontecimentos alheios a nossa vontade.

ATUALMENTE...

Depois de anos do ocorrido, o som de máquinas de hospital ainda me deixa paralisada, mas eu consigo disfarçar, e somente com o apoio de minha família e amigos, muita paciência, amor e terapia superei o medo de sair de casa, o pavor de ser tocada. Ainda me pego, vez ou outra, pedindo desculpas por qualquer coisa, até pelo que não deveria.

Um conhecido recente me incentivou a escrever sobre uma das minhas paixões em uma rede social, um espaço para falar de livros e leituras, que se revelou uma verdadeira terapia. Além de me distrair, pude entrar em contato com novas pessoas, experiências de vida diferentes da minha com a paixão pelos livros em comum.

Como é de praxe em um perfil desses, ele é aberto ao público para que possa alcançar o maior número de pessoas. E, para minha surpresa e consternação, Afonso reapareceu, reconheceu meu nome e me mandou uma mensagem privada.

Não imaginei ter que lidar novamente com ele, e todas as lembranças ruins vieram à tona com mais força do que eu imaginava ser possível. Decidi encerrar a conta de todos os perfis em rede social, eu me achava uma sobrevivente e não queria correr riscos desnecessários.

Foi então que um anjo terreno, na forma de uma amiga querida, me fez ver que não sou somente uma sobrevivente. Nesse eterno ciclo de esperança que é a vida, eu mais que sobrevivi, eu renasci.

Renasci e me refiz, não só fisicamente, mas principalmente dentro de mim mesma. Hoje, caminho com passos mais lentos, porém, mais seguros. Eu me sinto e sei que sou mais forte do que era. A vontade de viver que me trouxe do coma e me manteve firme durante a recuperação é a mesma que me faz procurar ou acender sempre uma luz, por menor que seja, e não me deixa ficar nas trevas, e que me faz superar.

Continuar não é fácil, creio que possam imaginar. As cicatrizes, marcas na minha pele do que passei, hoje estão quase todas cobertas de tatuagens, entre elas uma fênix enorme nas costas, que esconde o local onde uma das costelas quebradas rasgou a pele. Elas não foram feitas para esconder as marcas deixadas, mas para mostrar que não precisam continuar sendo símbolos de dor e sofrimento, fazem parte do meu reinventar.

Não quero esquecer o que houve, aconteceu e não posso apagar nem voltar atrás no tempo. São lembranças constantes de esperança e luta que me dão força para continuar. Bloqueei Afonso nas minhas redes sociais e, se for preciso confrontá-lo um dia, eu o enfrentarei de cabeça erguida, não serei mais pega desprevenida.

Esta história é de força, luta, superação e renascimento, e quero que ela possa tocar outras pessoas para que saibam que não estão sós, que pode demorar, mas que podemos, devemos e temos que nos reinventar para seguir em frente sem medo. Um dia de cada vez e cada vez melhor.

F<small>IM</small>

Aprendendo a escrever minha própria história

BELLE BECKER

Meu nome é Cátia, tenho um namorado bonito. Meu cabelo é alisado artificialmente, sou mais alta que a maioria das pessoas e sou ansiosa. Por isso, amo comer! Doce, salgado e o que tiver na minha frente, e tudo isso me deu uns quilos a mais. Eu não sei fazer nada, só miojo, na verdade.

A única pessoa que me elogiou na vida foi minha mãe. Lembro-me até hoje das suas palavras proclamadas 18 anos atrás — "Amor, você escreve tão bem!" —, mas eu sabia que era só mais um elogio para tentar me fazer sorrir ou criar alguma esperança dentro de mim sobre as minhas habilidades. Então, para provar que ela estava mentindo, e com muito esforço, minha maior paixão por histórias se transformou em ódio. É como se eu estivesse falando com minha Eu do passado: "Parabéns, você acabou com todas as suas chances de ter um bom futuro."

Minha mãe bate na porta. Pois é, aos 23 anos eu ainda moro com meus pais. E eu não me orgulho disso.

— Filha, trouxe seu almoço! Já conseguiu terminar o texto?
— Sim, já estou quase no final!

Mentira! Eu nem tinha começado, porque não faço ideia de como se começa um texto. E preciso entregá-lo se quiser passar na faculdade e receber "parabéns" da minha mãe. Mas eu não consigo! Eu travo!

— Ótimo! É isso aí, minha pequena psicóloga, vê se me dá orgulho!

Ela saiu do meu quarto e eu abri agressivamente o pacote com meu almoço: um dedo de arroz integral com feijão em cima, 70% do prato com alface, tomate, cenoura e mais alguns dos meus pesadelos e uma — apenas uma! — batatinha frita, só para tentar me agradar. Boa tentativa, mãe!

Lembrei que minha mãe é a nutricionista mais procurada do Estado de Santa Catarina. Ela não admite ter uma filha com tantas curvas como eu. Ela até já me identificou com uma série de doenças que consistem em um mesmo resultado: não conseguir emagrecer. Ela já tentou várias dietas comigo. Que só serviram para me mostrar o quanto as pessoas se importam com a aparência! Sempre matava a academia para ir ao Mcdonalds, o *personal trainer* me identificou como sedentária, e eu não conseguia andar um passo na esteira sem estar morrendo de dor em tudo! Eu preciso me acostumar com a vida de "gordinha". Mas acho que a pior parte é minha mãe, que me trata como se eu fosse algum tipo de ser insignificante que ela precisa domar, mas não consegue. Por que ela não me ajuda a melhorar em vez de me colocar para baixo?

    Estava na hora da faculdade. Começava às 14h, psicologia; escolhi por não ser tão difícil de passar, e ao mesmo tempo pode me dar um futuro razoável. Quando alguém me pergunta o porquê de ter escolhido, eu apenas respondo que sempre foi meu sonho. Mas a verdade é que eu sabia que não teria cérebro o suficiente para enfrentar o que eu queria, o curso de medicina. Não conseguiria nem passar! Então, minha mãe precisaria pagar mais coisas para tentar garantir um bom futuro para mim. Antes que você pense que eu sou apenas mais uma na multidão querendo fazer o curso mais concorrido, digo que sempre quis salvar a vida de alguém e depois poder ouvir "Nossa! Você salvou a minha vida! Obrigada!". Eu ficaria muito feliz e me sentiria útil, sentiria que não sou um fracasso.

    Cheguei mais cedo porque eu sabia que a Sofia teria milhares de perguntas para me fazer. Estudamos na mesma faculdade, mas fazemos cursos diferentes. Desde que entramos aqui, ela tem ficado mais animada. Ela começou a andar com uma tal de Ana. Vive falando que a menina a tem ensinado muito, mas eu não vou com a cara dela, mesmo eu sendo a única com essa opinião. A Sofia veio correndo até mim quando me viu e já começou o interrogatório:

— Nem acredito que você desencalhou! Depois de uma vida toda sem beijar ninguém! Como é estar apaixonada?

Olhei em volta para garantir que ninguém tinha ouvido a primeira frase dela. Eu o conheci semana retrasada em uma festa. Eu nunca tinha beijado ninguém, porque eu não consigo ter nenhum tipo de relação com meninos. Eu travo e fico tímida. É horrível! Eu nunca tive nenhum amigo menino!

Sempre acho que, se eu tentar fazer amizade, ele vai achar que estou interessada.

— Ele é lindo e... Bom, acho que é inteligente! Minha mãe vai adorar! Meu coração não bate mais forte quando estou perto dele, nem tenho vontade de beijá-lo. Mas acho que isso vem com o tempo, né?

— Estranho! Mas se você gostou dele, tudo bem, né?

Tudo mudou quando eu conheci o Juca. Na verdade, ele chegou até mim e pela primeira vez na vida alguém disse que eu era bonita! Mas como poderia alguém tão bonito achar isso de mim? Fiquei desconfiada. Mas ele foi chegando em mim, dançando, depois conversamos um pouco e então do nada ele foi me beijar! Eu ia empurrá-lo na hora, mas então lembrei da minha mãe falando "Nossa, você nunca vai arrumar homem bom, todas as suas primas já namoram!". Então, eu o beijei como se já tivesse beijado uns 30 caras antes. Foi péssimo! Senti uma sensação e um gosto horrível na boca, tive que me segurar para não me afogar ou ficar sem ar. Ele é bom demais para mim. No final, ele pediu meu número.

Na aula, a professora perguntou quem tinha terminado o trabalho. Todo mundo levantou a mão, menos eu! Até a Rebeca! Que é uma das piores alunas! E eu me senti péssima. No final da aula, a professora me pediu para ficar na sala porque queria conversar. Gelei.

— Cátia, eu sei que você tem dificuldades, então resolvi te auxiliar. Ana irá te ajudar, uma aluna apaixonada por livros e que adora ensinar — será que é aquela mesma menina com cara de nojenta? — Já conversei com ela, que pediu seu número para combinarem um dia. Podes me passar?

Eu pensei em dar desculpas e recusar a ajuda, mas não conseguiria completar o trabalho sozinha mesmo... Então resolvi aceitar. Passei meu número para a professora e saí da sala. Quando eu estava indo em direção à porta, vi Ana rodeada de amigas. A Sofia já tinha ido embora, ela sai cedo e por causa da professora não consegui nem me despedir da minha amiga de infância.

— Você é a Cátia, né? Estou animada por poder te auxiliar! — do nada a Ana estava ao meu lado. E ela falava de um jeito que me contagiava e me fazia acreditar nas palavras dela. Que ridículo!

— Sou — não quero entrar no joguinho dela!

— Desculpa me intrometer, mas eu vou te ajudar! Que tal amanhã na biblioteca? Depois de terminar a aula, nos encontramos lá? — ela é insistente!

Resolvi concordar, pois sabia que eu não ia me livrar dela. Nós nos despedimos e eu continuei rumo a minha casa. Eu moro pertinho, então consigo voltar a pé. Acho que se fosse um metro mais longe, eu não viria. Eu faço dois minutos de exercício por dia! Minha mãe deveria se orgulhar...

— Oi, minha linda, bora sair agora à noite? Que tal às 9, no Gala?

Nem acredito! Agora eu tenho alguém para sair à noite, minha mãe vai deixar, é meu namorado. Respondi positivamente e apenas gritei do meu quarto:

— Mãe, eu tenho um encontro agora à noite, ok? — ela respondeu imediatamente:

— Que bom! Finalmente! Com que roupa você vai? — resolvi deixá-la feliz:

— Eu te deixo me arrumar!

E ela já veio correndo para o meu quarto e começou a produção. Sem me deixar ver, escolheu minha roupa, fez o cabelo, as unhas e a maquiagem.

— Quando vai me apresentá-lo?

— O quanto antes, com certeza! Falo com ele hoje, daí te respondo. Você vai me levar até o Gala? — ela respondeu afirmativamente e fomos até lá.

Quando eu cheguei, ele já estava lá esperando, então veio até o carro, ótimo! Vou apresentá-lo a minha mãe! Mas percebi que não foi preciso, pois os dois já estavam sorrindo e conversando um com o outro. Ele me elogiou para minha mãe, e ela o chamou de cavalheiro... Depois de eu ficar meia hora esperando eles terminarem a conversa, ele disse que precisava me dar atenção, então os dois se despediram.

Nós pedimos pizza, ele me beijou, eu fiz algumas perguntas e ele apenas respondeu. Comemos e depois cada um foi para sua casa. Acho que eu sou tão desacostumada a ter encontros que nem sei como funcionam. Bom, já que ele sabe, estou apenas indo na mesma onda que ele.

Em casa, minha mãe disse que ele era ótimo, simpático e bonito, e que eu finalmente havia arrumado alguém bom. Acho que foi a vez em que ela mais me elogiou e me colocou para cima na minha vida! Espero que logo eu me apaixone por ele. Ou sou eu que não sei como é estar apaixonada. Eu não sei quase nada sobre ele!

No dia seguinte, tudo aconteceu normalmente. Fui para a faculdade, e a Sofia veio até mim para uma conversa:

— Nem acredito que você aceitou a ajuda da Ana! Certeza que você vai evoluir muito! Aliás, já começou o texto?

— Não, não sai um começo da minha mente! É difícil demais!

Fui para a aula, e quando ela finalmente terminou levantei forças para ir à biblioteca. Ao sair da sala, a professora até me deu uma piscadela. Ao chegar, a Ana já estava me esperando:

— Olá, jovem aprendiz! Sente aqui comigo! — então fui e sentei ao lado dela.

— Como você vai me ajudar?

— Bom, a Sofia já me falou um pouco sobre você, mas primeiro eu vou me apresentar, para melhorarmos nossa relação — o que a Sofia falou para ela? — Eu sou extrovertida, acredito no potencial das pessoas, adoro a gratidão e a pratico diariamente, sou apaixonada por livros e pela escrita e adoro ensinar as pessoas! Eu acredito que tudo tem um lado bom, e os desafios servem para nos trazerem algum aprendizado. Agora é a sua vez!

— Eu… O que vou falar de mim? Só sei que eu tenho um namorado, sou gordinha e minha mãe não tem orgulho de mim! Eu odeio livros e…

Eu pensei algo! As palavras apenas saíram da minha boca como se fossem um vômito que eu não conseguia segurar. E, ao olhar para a Ana, achei que ela ficaria triste ou desmotivada, mas ela estava sorrindo! Como assim? E por que agora ela parece alguém legal?

— Já achei o problema! Você acredita demais na opinião dos outros e deixa que elas se tornem realidade na sua vida! Você acha que as pessoas se importam demais com a aparência, e tem vontade de mudar, não acredita em si mesma, nem no seu poder e acha que é uma azarada!

Mas… mentira! Porque… Como ela descobriu isso? Ela só pode ser vidente!

— Flor, sua vida está prestes a mudar para melhor! — então, ela pegou uma bolsa pesada, seria a bola de cristal? E abriu, estava cheia de... dei uma espiadinha, livros! Eu não ia ler nada daquilo! E ela separou três!

— Eu te apresento a solução para os seus problemas! Eu sei que você odeia, mas dá uma chance? Eu acredito que não exista pessoa que não goste dos livros, mas sim livros que não atraem alguém. Então, eu vou fazer uma proposta para você. Se você estiver disposta a mudar e realizar seus sonhos, ter metas, ser feliz e tudo isso, vou te pedir para ler esses livros!

— Sem chance! Eu não vou ler! Quero mudar sim, mas não desse jeito!

— Eu acredito no seu potencial! Você é muito mais do que pensa! Você é linda, e tem tempo. Se usar seu tempo para aprender e ser frequente, você vencerá na vida. Pois o sucesso é a junção de habilidade mais frequência, e se você praticar muito alguma coisa, vai se tornar boa naquilo! As pessoas me acham feliz e animada, eu tenho isso por causa dos livros, por causa da esperança, se você não a tiver, você não tem nada! E eu acredito que você pode recuperá-la. Se treinar, conseguirá ter esperança e se desafiar, acreditar que é capaz de ir até a lua e ter esperança de que, mesmo morando na rua, pode encontrar uma casa para morar!

Por que parece que ela me conhece há anos? E que está certa? Isso é muito confuso! Mas eu quero tudo isso que ela está falando!

— Ok, eu vou tentar ler, mas apenas tentar, senão eu desisto!

— Perfeito! Vamos começar com o básico — ela me mostrou um livro e o colocou em cima da mesa: *Confidências de uma ex-popular*, da Ray Tavares! — Começaremos com algo simples. A leitura é fluida e tem um ensinamento bom. Jure que vai ler 20 páginas, no mínimo! — ela me fitou, séria.

— Juro! Desculpa por ter uma opinião ruim sobre você no começo... — o que ela está fazendo comigo? Não tenho mais controle dos pensamentos!

— Eu acredito em você, você vai conseguir ser e fazer o que quiser na vida! E, ainda melhor, obter esperança! — então, ela foi embora e deixou o livro sobre a mesa. Resolvi começar logo. Não sabia como aquilo iria me ajudar para o texto ou para a vida, mas eu acreditava na Ana.

Não entendi nada no começo e resolvi parar! Mas aí me lembrei da minha promessa e continuei, cheguei à página vinte e parei. Mas aí a imagem dela surgiu na minha cabeça reluzindo toda a sua esperança em mim, então resolvi continuar. Quando percebi, a bibliotecária disse que precisava fechar a biblioteca, mas então, quando eu finalmente levantei a cabeça do livro, ela me fez uma pergunta:

— Quer ficar aqui mais um pouco? — eu assinto com a cabeça, então ela veio até minha mesa e deixou uma chave.

— Feche tudo ao sair, e me devolva amanhã. Essas são as chaves reservas — como assim, ela estava me confiando a chave da biblioteca? O bom é que tem uma porta que você sai direto na rua, sem passar por toda a faculdade.

— Leitores são o tipo de pessoa mais confiável — então, ela saiu e me deixou sozinha. Mandei uma mensagem para minha mãe dizendo que eu estava estudando e chegaria tarde.

Sozinha naquela imensidão de livros, mergulhei na história até que meus olhos não aguentassem mais ficarem abertos. O livro falava sobre uma metida rica que perde tudo e precisa recomeçar. Ela vê uma injustiça e algo dentro dela aparece, algo que quer resolver aquilo, então ela consegue resolver! E eu me identifiquei um pouco com ela, sabe? A personagem muda de ridícula para heroína! É lindo! Olhei no relógio e... eram cinco da manhã! Arrumei rapidamente minhas coisas, e parecia que tinha uma semente das minhas capacidades na minha cabeça. Se ela pode mudar, por que eu não consigo?

17 anos depois...

Meu nome é Cátia, estou solteira e bem com isso. Minhas características físicas são de pouca importância para serem descritas, mas eu me acho linda! E atualmente sou uma médica que salva vidas e dou palestras sobre leitura e capacidades. Sou apaixonada por livros e tenho o sonho de escrever minha história para compartilhar com os outros. Ana virou minha maior professora da vida! E, bom, eu aprendi a ser grata por todas as coisas que tenho, um livro que me ensinou! E, assim, fico feliz pelas pequenas coisas. Descobri que a melhor coisa do mundo é ajudar os outros! E eu finalmente soube quem eu era! Minha mãe também conseguiu mudar, e ganhou muitas clientes ao perceber que as pessoas são mais que um corpo. Enfim, eu queria dizer que tenho muito orgulho de você por estar lendo isso, pois a leitura muda vidas para melhor! Exatamente como fez com a minha.

A história das Guardiãs

ROSA SCARLETT

Um reino distante, localizado numa extensa área com vales e montanhas, ficou conhecido como Trovões. A família real morava numa montanha.

Em Trovões, existiam guerreiras de primeira linha que trabalhavam na guarda da família real. Elas recebiam treinamento desde que eram crianças para poderem exercer suas funções. As guerreiras passavam por uma rígida preparação e tinham uma vida de servidão ao reino. Elas acreditavam que, ao darem o melhor de si, ajudavam todos os habitantes do local, os quais poderiam ter uma vida mais feliz.

Elas dedicavam um tempo para cuidar de seus belos escudos brilhantes e se preparavam como se fossem para alguma festa ou ritual. Mas, nos períodos mais duros, em que muitos soldados pereciam nas batalhas, elas não se faziam esperar para entrar na guerra. E desciam das montanhas para fortalecer as tropas militares.

Naquele tempo, luta significava honra, e elas faziam questão de participar de combates nos quais lutavam com a força fervente que vem de dentro, de dentro do útero.

Segundo uma lenda, aquelas mulheres se alimentavam da energia dos trovões antes de descerem para as lutas.

Nem sempre o sol brilhava em Trovões, o que era triste para aquele povo que amava a energia solar. Mas, para as guerreiras, o tempo não importava, pois o sentimento de dever as ligava a cada tempo e a cada estação como se elas fossem flores, filhas do solo, que apenas vivenciam a temperatura de cada momento.

Ione era uma daquelas guerreiras, séria e competente com seus deveres. Mas ela preferia lutar ao sol, pois sua visão alcançava mais longe e seus passos podiam ser mais ligeiros. No entanto, ela não falava deste gosto, pois seria encarado como sinal de fragilidade.

Ione se identificava com a luta e com seus deveres de proteção, mas gostava de observar as crianças e de ouvir os cantos do reino que enfeitavam a noite nos dias de festa. Às vezes, ela pensava que a vida poderia ser mais simples e fácil, mas não sabia como e, quando tentava conversar sobre isso, as demais guardiãs diziam com voz seca:

— A vida é feita de lutas.

Para tristeza daquele reino, houve uma batalha que durou muito tempo. E porque ocorreu numa época em que todos os dias eram brancos, ficou conhecida como Batalha das Neves. Após semanas de lutas, os homens precisaram de reforços. As guerreiras da guarda real desceram das montanhas. Ione estava entre elas.

Mas, sentindo um frio estranho no coração, Ione resolveu não subir nas pedras em que as guerreiras costumavam se energizar com o poder dos trovões. Ela queria lutar com as próprias forças e descobrir qual era seu verdadeiro poder.

Na batalha, Ione atingiu um inimigo no peito, esquivou-se de um guerreiro e atingiu outro. Lutou como nunca, até que seus olhos se perderam numa amiga caída. E quando Ione deu a mão para Lila, um inimigo se aproveitou para atingi-la. A guerreira lutou mesmo sem espada, porém, enquanto lutava, foi ferida na perna por outro inimigo. Após cair com forte dor, ela reparou que seus braços e pernas estavam muito feridos.

Ione foi salva pelas amigas mais velhas, que impediram que os adversários a agredissem até a morte. Caída no chão, vendo duas guerreiras de espada que lutavam e ao mesmo tempo serviam de escudo, Ione se perguntava como seria o fim daquela história, pois seu coração dizia que ela seria vencedora.

Com muito sangue e coragem, homens e mulheres lutaram até vencer as tropas inimigas. Os guerreiros levaram sobre os ombros todos os companheiros de lutas que sobreviveram, mesmo os muito debilitados.

Como era respeitada por todos e por sua coragem, Ione foi convidada a ficar na guarda numa posição de planejamento. Ela seria condecorada e passaria a ter algumas regalias por reconhecimento de sua bravura.

Mas ela recusou o cargo e as honrarias e passou a caminhar sozinha pelos vales. Ela sabia que, com braços e pernas prejudicados, não poderia mais ser guerreira e preferia encarar a nova verdade que lhe restava para viver.

Seus dias ficaram tristes e ela parou de contemplar os alegres raios de sol. De tanto olhar para baixo, Ione passou a notar diferentes tipos de verdes, de formas e de texturas, onde muitos só viam mato. Com o tempo, ela ganhou paciência para sentar e observar.

Com o conhecimento que desenvolveu pelas cores e flores e pela calma de quem sabe esperar, não tardou para que crianças se aproximassem dela. E foi com as crianças que Ione aprendeu a ter o riso frouxo e a brincar. Aquela guerreira se tornou uma pessoa alegre.

Ione entendeu que o riso era como remédio que amenizava suas dores e resolveu dividir a fórmula com quem se aproximava, sempre apresentando risos e arrancando gargalhadas de quem quisesse conversar com ela.

Como guerreira, ela sempre fora tratada com respeito e até com certo temor. Mas sua vida mudou e ela sabia que as pessoas passaram a se aproximar dela por afeição. E mesmo quem chegava com certa pena por conhecer sua história depois de alguns minutos de conversa saía agradecendo por ver o mundo de forma mais simples e por descobrir cores da natureza que eram gratuitas para todos. Ela vivia pelos matos, se alimentava de frutos e ganhava peles de animais para se aquecer.

Embora tivesse planejado ficar sozinha, Ione descobriu que a mata e os vales eram lugares onde muitas pessoas transitavam com diferentes propósitos. Já que ela não conseguia caminhar como antes, começou a encontrar anciãs e com elas aprendeu o poder das ervas e da arte de curar. Foi então que ela descobriu tantos sofrimentos que não imaginava que existiam. Pessoas doentes, corações partidos por um grande amor, gente que sofria por dúvidas, e muitos viviam dilacerados por culpas.

Ione via que o povo, que parecia tão feliz por não ter uma rotina dura como a sua de guerreira, também sofria de várias aflições. Eles tinham medo das lutas e da escassez dos tempos mais rígidos. Mas não podiam falar e deviam apenas amar o rei.

Nessa época, Ione descobriu que suas decisões foram acertadas, pois se continuasse como guerreira jamais teria conhecido a vida naquele lugar nem a riqueza existente no coração das pessoas que conseguiam sorrir e se alegrar e continuavam acreditando no rei ou em algo que algum dia traria a paz.

Desta forma, a esperança floresceu no coração daquela guerreira. Novos tempos chegaram e, assim como a primavera alegre e florida, Ione voltou a exibir a beleza de sua juventude. Ela notou como as famílias viviam, percebeu-se desejando aquelas alegrias e o sonho se concretizou.

E aquela que foi guerreira encontrou alguém para construir um lar cercado de plantas, no meio das árvores. Era um homem de coração forte que se apaixonou por Ione desde o primeiro olhar, quando ele procurava uma cura.

Ione casou e teve muitas filhas e, além das meninas que nasceram de seu ventre, muitas outras, vindas de terras distantes, chegavam desamparadas e passavam a fazer parte daquela família.

As filhas trouxeram alegrias e ajudaram Ione a suportar o falecimento de seu grande amor. Ele lutou muito para viver, já que era o único homem da casa e tinha medo de deixá-las desamparadas. Mas ele se despediu da vida com a certeza de que havia sido feliz e que aquelas mulheres eram muito boas com lutas de sobrevivências.

Como boa mãe, Ione ensinou a magia das ervas, a força das águas, a mudança dos ventos e a energia dos trovões.

Mesmo sendo mãe desvelada, nunca perdeu a postura imponente de guerreira, não a postura física, mas aquela que vem da alma. Sua coragem vinha impressa em suas palavras e em pouco tempo se espalhou a notícia de que aquelas mulheres eram capazes de manipular a natureza e de curar.

Elas passaram a ser procuradas por muitos doentes humildes e por poderosos, doentes da alma.

Mas o que aquela grande família nunca imaginou é que a arte de curar pudesse levar medo e aflição. Pois elas também passaram a ser temidas por seus poderes. Histórias fantásticas foram espalhadas como se fossem levadas pelo vento, que também acabou disseminando mentiras e aumentando fatos.

Logo se espalharam boatos de pessoas que tinham morrido por apenas um olhar, foram contadas histórias de pessoas que perderam a voz por tentarem uma discussão contra aquelas mulheres e de que uma família foi dizimada por um estalar de dedos.

O triste era que esses boatos foram plantados por inimigos do rei que queriam seu posto. O rei se lembrava da guerreira Ione e não queria acreditar naquelas histórias, mas não podia deixar o povo desprotegido. Ele tinha medo de perder seu posto e sua honra, assim como aconteceu com sua antiga guerreira. Tomado de medo e de culpa, o rei ordenou que aquelas mulheres fossem caçadas e trancafiadas até que ele pudesse tomar sua decisão.

O que muitas pessoas não sabiam é que, dentro delas, não havia somente graça, havia a força das guerreiras, plantada pela guerreira mãe, Ione.

E foi assim que mais um combate se estabeleceu e muito sangue foi derramado. As mulheres mais jovens tinham armas improvisadas e coragem e conheciam ervas venenosas capazes de paralisar o coração.

Mas os guerreiros daquele reino lutaram com raiva infinitamente superior aos sentimentos que tiveram em conflitos anteriores. Eles não aceitavam que mulheres pudessem criar um novo tipo de sociedade, simples, bela e liderada por uma guerreira. O grupo que Ione amava como família passou a ser visto pelo rei como ameaça de revolução. Os poderosos não acreditavam que um grupo tão numeroso queria apenas espalhar a paz.

Os homens se sentiam afrontados por não poderem se apropriar do lugar nem dos corpos daquelas mulheres, que se sentiam livres para viver como queriam.

Na luta, Ione chorou ao ver várias filhas sendo atingidas, e foi ali que percebeu que já não era mais uma guerreira como antes. Ela podia chorar na frente de todos e sabia que suas lágrimas mereciam reverências por exteriorizar a dor que mata por dentro.

Ione lembrou-se dos tempos em que sonhava com uma vida mais simples e percebeu que as dificuldades que chegam às nossas vidas também são trazidas por outros, como se eles fossem rios estranhos e poluídos que levam sujeira para todo lugar e não aceitam flores em suas margens.

Vendo as filhas lutando e sendo defendida mais uma vez, ela soube que havia vencido, pois seu jeito de ser e suas histórias sobreviveriam. Aquele riso misturado com coragem era qual encantamento que não se podia destruir. Por isso, Ione sorriu, vendo que não haveria um fim.

Um guerreiro conseguiu se aproximar de Ione. Mas um trovão muito alto foi ouvido, as pessoas se lembraram da lenda e ficaram assustadas. O guerreiro ficou perturbado e deixou a espada cair no chão. Ione apanhou a espada e conseguiu atingi-lo.

Mas ela sabia que os demais guerreiros chegariam até ela. Nesta altura, aconteceu o fato mais inesperado para o coração de Ione.

As guerreiras chegaram lideradas por Lila e passaram a lutar contra os homens. Aquele fato certamente mudaria toda a configuração política do reino, mas certamente também mudaria o povo, já que as pessoas mais humildes nunca viram a guarda real lutando por um deles.

Ione não era vista como guerreira no povoado. Ela era reconhecida como amiga, bruxa, curandeira, benzedeira e até como contadora de histórias que fazem rir, mas nunca como guerreira.

A partir daquele momento, ser mulher passou a ser sinônimo de ser guerreira. E a ação de cuidar também começou a ser percebida como uma forma de guerrear.

Todavia, muitos homens partilhavam dos desejos dos guerreiros homens e se sentiam diminuídos por aquelas mulheres. Desta forma, muitos homens do povo entraram na luta em número assustador.

Fossem guerreiras, filhas ou mulheres do povo, elas lutaram muito, mas não conseguiram resistir. Os homens estavam em maior número e armados com facas, espadas, ódio e rancor.

A chuva caiu e muito sangue se espalhou, cobrindo as ervas daquele povoado.

As mulheres que sobreviveram fugiram para diferentes lugares do mundo, carregando a última ordem de Ione antes de partir:

— Espalhem-se e levem a alegria que vem das crianças, a cura que sai das ervas e a coragem que mora no coração e que nos faz resistir.

Elas obedeceram, os ensinamentos foram espalhados e chegaram a muitas mulheres que, em diferentes épocas e lugares, tiveram muitos nomes para designar aquelas guerreiras cheias de coragem que curam, cuidam e servem como guardiãs.

Marie e as máscaras

JANAINA COUVO

Eu sou Marie, uma mulher que vive numa sociedade na qual as máscaras são importantes, não apenas porque são usadas em alguns eventos sociais, mas também porque exigem um comportamento em que é necessário, para não ser excluída, que eu, como mulher, tenha que me adaptar. Essas máscaras sociais são comportamentos, posturas, posicionamentos em que a minha voz não é necessariamente bem-vinda, e o fato de eu ser uma mulher com vontades, desejos, opiniões não é um comportamento aceitável. Desta forma, eu tive que escolher as minhas máscaras, que durante certo tempo foram necessárias. São diversas as máscaras que as pessoas precisam colocar e nem sempre escolhemos as melhores... Pensando assim, parece que estou falando do século XIX!

Entretanto, em pleno século XXI, esse dilema ainda faz parte da minha vida. Eu vivo numa sociedade em que os comportamentos são ditados por determinados grupos que enquadram aquelas mulheres que desviam dos padrões comportamentais, sendo excluídas e rotuladas como péssimos exemplos. Eu vivo um dilema constante, pois sinto uma ânsia em me posicionar, em dizer o que eu penso, defender as minhas ideias, já que eu consegui, depois de muitos conflitos com a minha família, concluir os estudos. Isso despertou em meu íntimo a paixão pelos livros, pela literatura, por uma constante busca de conhecimento.

Com os livros que começaram a fazer parte da minha vida, comecei a desenvolver o meu senso crítico, elaborar as minhas opiniões, refletir sobre o que acontece à minha volta. Comecei a observar o mundo com outros olhos, a ver coisas que até então, para mim, eram consideradas normais. O meu contato, por meio da literatura, com diversas histórias sobre mulheres reais e imaginárias, fortes e decididas, que lutaram pelos seus direitos de pensar, de serem elas mesmas, deixou uma mensagem para mim: basta esta consciência de que eu também sou protagonista da minha história, que eu também posso falar o que eu penso e lutar pelo que eu acredito, que é possível mudar a minha vida e trilhar o meu próprio caminho. Ou seja, que eu posso retirar as máscaras que escolhi colocar diariamente da minha vida cotidiana e ser quem eu sou.

Porém, um desafio me aguarda, ou seja, como a decisão de ser eu mesma vai causar um impacto no meio onde vivo, entre aqueles que fazem parte da minha vida. Mas estou decidida a seguir com o meu sonho de conquistar a minha liberdade. Porque é isto: quero ser livre. Livre para pensar, decidir, falar, seguir o meu caminho sem precisar usar as várias máscaras que tive que escolher ao longo da minha caminhada.

Preciso ter algo importante para conquistar a minha liberdade, ou seja, preciso ter segurança de que realmente estou preparada para esta batalha, porque não será nada fácil. Esse primeiro elemento para a minha conquista é algo que necessito construir no meu interior, pois junto com esta decisão vêm as consequências, já que ser mulher, livre e consciente das minhas escolhas é algo que ainda causa impacto na sociedade. Uma mulher livre e decidida, ciente do seu papel na sociedade é algo que incomoda a muitos, que se utilizam de diferentes artifícios para impedir, limitar, chegando até a utilização de diferentes formas de violência, que, em algumas situações, as silenciam para sempre.

Ao longo da vida, tive a minha autoestima destruída, a minha autonomia, o meu amor-próprio, em virtude dos anos em que vivi sob o domínio das máscaras que precisei usar para sobreviver em meio a uma sociedade reguladora, patriarcal, e que desqualifica toda a autonomia feminina. Ouvi palavras que machucaram, que destruíram e que precisam ser substituídas por novos pensamentos, novas palavras que possam reconstruir a minha autoestima, contribuindo para o renascer de uma nova mulher.

Uma Marie segura de si, confiante de quem eu sou, com uma relação de amor comigo mesma. Assim, eu posso me reconstruir e iniciar a minha batalha em busca da conquista da minha liberdade. Enfrentar de cabeça erguida toda a sociedade que ainda permanece refém das máscaras, cortar os laços destrutivos com todos aqueles que exerceram o controle sobre a minha vida. Com isso, eu dou um passo muito importante para me tornar protagonista da minha própria história, tendo autonomia nas minhas escolhas, podendo expressar os meus pensamentos, as minhas vontades, os meus desejos, sem me preocupar em agradar ninguém, apenas a mim mesma. Sendo autora e personagem principal da minha própria história.

Acredito que existem várias Mulheres iguais a mim, com histórias semelhantes, com batalhas internas muito parecidas. Muitas mulheres perdem a identidade ao se deparar com uma relação de submissão, seja na família, seja nos relacionamentos, na sociedade de forma geral. A preocupação, para algumas, em ser aceita, faz com que utilizem as máscaras que são construídas para enquadrá-las dentro dos comportamentos pré-estabelecidos, e que refletem o que a sociedade pensa como comportamento ideal. Em alguns casos, são surpreendidas com a verdadeira personalidade destrutiva daqueles que estão à sua volta. Dessa forma, muitas dessas mulheres acabam por viver situações que resultaram em relacionamentos abusivos, colocando a sua vida em risco.

Um recomeço... é só o que eu desejo para mim neste momento...

Essa é uma palavra que tem uma força propulsora enorme, pois marca um momento em que é necessário organizar aquilo que é considerado importante para mim, e seguir em frente, construir uma nova história. Esta sim, de novos desafios, novas conquistas, um novo caminhar em que sou eu quem decide que caminho seguir, como enfrentar os novos desafios e definir o que deve ser parte das minhas conquistas. Tudo que possa vir a acontecer a partir de agora é parte da minha escolha. Esta nova Marie surge para marcar uma fase de recomeços em que tudo está nas minhas mãos.

É assustador? Sim, e muito.

Mas é libertador também. Poder abrir os olhos e perceber que, todos os dias, cada passo a ser dado é minha escolha, assim como também minha responsabilidade. Essa liberdade que tanto desejei, que surge no fundo da minha alma, é um sentimento que foi crescendo aos poucos, alimentado com pequenas coisas, palavras, conversas, mas que em determinado momento da minha vida ganhou força, contribuindo para a minha decisão.

Este sentimento de liberdade é restaurador. Vem com uma força muito poderosa, me fez abrir os olhos e ver o quanto ainda tenho que viver, sem amarras, sem palavras que destroem, sem ações que diminuem o meu próprio valor como mulher, como um ser humano que pensa, sente, vive.

Em pleno século XXI, ainda existem mulheres que, como eu, só aguardam o momento exato para tomar as rédeas de suas vidas e recomeçar. Construir novos laços afetivos, primeiramente consigo mesma, depois com o mundo. Abrir o seu coração para novas experiências, novos desafios, para se autoconhecer. Amar a si mesma em primeiro lugar é fundamental neste processo.

Desenvolver este sentimento é algo marcante para mim, fazendo com que eu me encontre, veja a mim mesma e os meus desejos mais íntimos, as minhas vontades, os meus anseios, todos aqueles sentimentos que foram por muito tempo, por mim, reprimidos, considerados impróprios, incorretos para a sociedade que prefere uma mulher dependente, vazia, uma mera figurante num teatro de horrores, em que a hipocrisia está travestida nas máscaras estampadas nos rostos daqueles que a representam. Quando eu decido cortar esses laços que me prendem a este universo excludente, conquisto a minha autonomia e trago à tona sentimentos guardados que até então estavam adormecidos. E esses sentimentos são transformadores, contribuem para renovar as minhas forças e definir que caminhos devo seguir no processo de recomeçar.

A partir deste momento, uma nova Marie se apresenta. Uma mulher que ama a si mesma, que se reconhece como personagem principal da sua própria história. Aquela que vai definir os seus próprios caminhos, que consegue se ver feliz mesmo que esteja sozinha, porque a felicidade nasce no inteiro de cada pessoa, daí transborda e contagia aqueles que estão ao redor. Ser feliz não está necessariamente associado a ter alguém, mas sim, em primeiro lugar, é preciso sentir a felicidade interior, a alegria de estar na melhor companhia: você. E isso eu consigo sentir, a partir do momento em que me apaixonei por mim mesma.

Pensar em recomeços é pensar em desafios, dificuldades, conquistas, realizações. Pensar em recomeços é perceber que ter a liberdade para escolher os caminhos a seguir é fundamental. E eu, Marie, sou livre para fazer as minhas próprias escolhas.

"Liberdade é pouco. O que desejo ainda não tem nome."
Clarice Lispector

Menina sim, mulher não

GISELE WOMMER

Hoje Renata pensava quando é que se dá a ruptura no ciclo da vida. Que dia uma menina deixa de ser criança e passa a ser mulher? Ela não queria pensar neste dia, divisor de águas na sua história.

Crescer fora a coisa mais triste que havia lhe acontecido.

Lembrava-se bem da vida boa que teve na casa onde passou a infância com os pais e o irmão mais velho. Vida que nunca mais havia tido e achava difícil algum dia voltar a ter.

Tiveram a infância mais feliz do mundo, correndo e brincando entre as árvores, sempre sob a supervisão de uma mãe cuidadosa que fazia tudo para ver os filhos bem. Nem mesmo ajudar em casa nenhum dos dois precisou. Tinham bons recursos, o pai era trabalhador e a mãe, uma excelente dona de casa, cozinheira de mão cheia.

Hoje ela avaliava que os pais haviam cometido um único erro: não souberam lidar com uma filha mulher. A infância não foi problema; quando a adolescência foi se aproximando, os pais tiveram atitudes piores do que os avós teriam.

Apenas com ela, claro, com o irmão, não. Mauro teve permissão cedo para sair com os amigos, para namorar quantas meninas quisesse, podia ser uma diferente a cada dia, os pais achavam bonito.

Renata fez 13, 14, 15 anos e continuava a ser tratada como uma criança de 8. Ninguém parou para reparar que ela havia crescido. Os pais não a deixavam sair nem para ir ao centro sozinha e adoravam dizer aquele velho chulo ditado de que ela poderia namorar com as suas chinelas pelo tempo que quisesse. Porém, na escola que frequentava, havia bem mais do que chinelas.

Ela costumava ser vista como uma pobre recatada pelas colegas, nunca podia sair, usava roupas de criança e não comparecia nem mesmo às festas da escola nos fins de semana, nunca podia fazer nada. Os meninos tinham outra visão. Renata era uma menina bonita. Não namorava ninguém, diferente das outras meninas, e todo mundo queria namorá-la, rolavam até apostas de quem iria conseguir ficar com ela primeiro.

A moça estava mais do que acostumada a fugir do assédio, até que, um dia, um colega novo chegou à sua turma. Pedro, ele se chamava. Renata não sabia nada sobre ele, a não ser que era alto, tinha a pele bem mais escura que a dela, a qual contrastava com um brilhante par de olhos verdes. Ela se apaixonou assim que o viu. Ambos tinham 15 anos, Renata nunca havia namorado ninguém, da vida dele não sabia.

Mas parecia que a recíproca havia sido verdadeira. Pedro não tirou os olhos dela desde o dia que chegou à escola. Devia ter ouvido boatos sobre sua falta de experiência, mas ela não ligava. Em pouco tempo, deixou de andar com as amigas na hora do recreio, entrada e saída. Pedro passou a ser sua única companhia.

Ela adorava conversar com o rapaz, ouvir histórias sobre sua vida, sobre sua família e a cidade onde ele morava anteriormente. Paixão adolescente. Começou com Pedro segurando sua mão, depois os selinhos escondidos pelos cantos na escola. Rapidamente passou para beijos quentes pelas esquinas. Língua invasora. Mãos que subiam e desciam, corpo que reagia com arrepios.

Pedro a convidou várias vezes para visitar sua casa, os pais estariam trabalhando. Um dia ela simplesmente foi.

Renata fechou os olhos ao mesmo tempo que Pedro fechou a porta do quarto. Queria ele e nada mais. Ela se entregou sem pensar. Não teve vergonha da nudez, da falta de experiência, de nada.

Chegou em casa com duas horas de atraso e disse para a mãe que havia ido visitar uma amiga. A mãe estava assistindo suas novelas mexicanas, apenas levantou os olhos, fitou Renata por trás dos óculos e não disse nada. Na falta de não, na falta de repreensão, Renata e Pedro se encontraram muitas outras vezes.

Ela devia ter se prevenido, bem no fundo ela sabia. Sabia dos riscos da gravidez, de uma doença, mas estava apaixonada e aqueles momentos embaixo dos lençóis com o amado eram maravilhosos. Fogo adolescente, escondido de todos era ainda melhor. A gravidez ela não pôde esconder por muito tempo, contou à mãe na segunda ausência da menstruação, antes que ela percebesse a barriguinha que levemente saltava no corpo esguio.

— Mãe, eu estou grávida, não sei o que fazer — disse numa tarde, diretamente, entre lágrimas.

A mãe não disse uma palavra. Mal lhe dirigiu um olhar, não expressou emoção alguma.

— Vou falar com o seu pai de noite, e a gente vê o que faz.

Renata, é claro, não queria ser mãe, não tinha o sonho de embalar uma criança aos 15 anos. Estava apavorada, não sabia o que fazer, tinha medo do que ia acontecer com seu corpo. Queria um abraço da mãe, queria que ela dissesse que ficaria tudo bem, mas não aconteceu. Na manhã seguinte, a mãe foi categórica:

— Olha, conversei com o seu pai. Ele me disse que uma menina pode morar aqui com a gente, uma mulher, não. Então, vê o que você vai fazer.

Ela assentiu. Quando viu Pedro pelas primeiras vezes tão bonito e arrumado, não imaginou que ele fosse tão pobre como teve certeza que era assim que o visitou pela primeira vez. Mas não teria jeito, se ele não a convidasse para morar junto, ela não teria para onde ir.

Ele já havia notado a gravidez e ficou tranquilo.

— Vamos dar um jeito — ele falou.

Os pais dele foram queridos. Não xingaram o jovem casal, já não havia o que pudessem fazer. Ajeitaram uma pequena peça que tinham nos fundos da casa, de tábuas fizeram um puxadinho para aumentar o espaço. Era um quarto de tamanho bom, com banheiro anexo e uma pequena cozinha na entrada da casa.

Para mobiliar, os pais de Pedro fizeram várias prestações e já alertaram que não teriam como pagar. Pedro foi ajudar o pai nas entregas que fazia de caminhão para ganhar algum dinheiro. Começou a carregar peso, largou os estudos.

Na sequência, foi Renata. Arrumou um emprego de caixa em supermercado, mas meio período não era suficiente para ajudar Pedro a pagar os carnês, a água, a luz, comprar comida e ainda fazer um enxoval decente para o bebê. Ela estava no primeiro ano do ensino médio e parou de estudar.

As colegas se admiraram com a situação do casal. Logo Renata, que nunca havia namorado ninguém, estava grávida. Viraram motivo de risos e fofoca.

Renata sabia que as colegas comentavam a vida dos dois porque não estavam em sua pele. Não era bom, não era feliz. Eles agora estavam, de certa forma, casados e com uma responsabilidade enorme em cima dos ombros. O romance se acabou nas primeiras semanas, logo que foram morar juntos. Pedro e Renata eram dois estranhos na mesma casa, mal se falavam.

Não era viver um conto de fadas. Para começo de conversa, Renata não queria ter ido embora de casa. Sentia falta dos bens materiais, da comida da mãe e, principalmente, da companhia e do carinho de sua família. Ela disse aos pais onde estava morando, mas já haviam passado alguns meses e eles não a haviam procurado. Quando não estava trabalhando, Renata estava em casa limpando, lavando, cozinhando e chorando. Perguntou-se várias vezes se fazer sexo com o namorado merecia uma punição tão grande assim.

Chegara a hora de ganhar o bebê. Renata sentiu todas as dores do mundo. No hospital, aquela menina ou mulher jovem e magra foi submetida a uma série de exames, sentiu-se na vitrine de um açougue quando foi examinada por enfermeiras e estudantes de enfermagem. A sogra foi quem a largou no hospital, Pedro não acompanhou. Teve um trabalho de parto que durou horas. Na hora exata de dar à luz, o obstetra apareceu e parecia ter lhe salvado a vida. Foi a única pessoa querida, educada e realmente preocupada com ela em todo aquele hospital.

Passou a noite em claro com sua filha Alice. Estava dolorida e assustada, em um quarto com mais cinco mulheres e bebês recém-nascidos. Foram elas que lhe ensinaram a amamentar e conversaram sobre assuntos de relevância, falando de alguns cuidados que devia ter e, principalmente, sobre evitar uma nova gravidez.

De volta para casa, foi deixada de lado. Todos tinham olhos somente para Alice. Estavam apaixonados pela menina linda, que era a cara do pai. Até seus pais haviam ido visitá-la. Renata não estava feliz, mas ninguém parecia se importar.

Amava Alice, foi se acostumando com a filha e cuidá-la passou a ser sua alegria. Ser mãe foi um ofício que aprendeu rápido, mas não queria repetir. Na primeira consulta ao médico, pediu que lhe receitasse alguma coisa para não voltar a engravidar. O médico já ia prescrevendo um anticoncepcional quando ela disse:

— Doutor, não posso pagar.

Ele abriu uma gaveta e tirou cinco caixas, entregou para ela de presente e disse:

— Quando acabar, volte aqui. Se eu não tiver nas amostras, vou comprar para você.

Saiu do consultório tranquila e agradecida. Alguém devia ter lhe advertido antes. Agora que ela já havia engravidado, não desejava encher o mundo de filhos, pois sentia que mal conseguia sustentar Alice e cuidar dela.

O inferno real de sua vida começou quando a filha tinha 6 meses. Pedro aprendeu a beber além da conta, chegava em casa tarde. Ele a estuprava, espancava. Aos 16 anos, Renata já pensava que morrer poderia ser uma boa ideia, só não fazia nenhuma bobagem por causa de sua Alice.

Sua rotina era um inferno. Deixava Alice na creche todas as manhãs, trabalhava o dia inteiro, buscava Alice na creche. Ia para casa e seguia a rotina de lavar, limpar, cozinhar, cuidar da bebê. Pedro chegava às vezes tarde, às vezes bêbado, às vezes nem chegava e nunca, nunca ajudava Renata com nada do serviço que ela tivesse que fazer.

Alice tinha 5 anos quando Renata percebeu que aquela não era a vida que queria dar para a filha. Não queria que Alice crescesse achando que apanhar de homem era certo e, por outro lado, Pedro não tinha a menor paciência e por qualquer coisinha surrava a menina. Ela podia aguentar; Alice, jamais.

Decidida, Renata saiu do trabalho e foi conhecer uma quitinete para aluguel. Era pequena, já estava mobiliada, com seu salário poderia pagar, talvez com sorte sobraria algum dinheiro para viver com a filha. Chegou em casa e anunciou para Pedro:

— Pedro, eu fui mesmo muito apaixonada por ti na escola, mas isso que temos aqui não é vida, para mim já deu. Amanhã vou pegar a Alice e vou embora, eu peço que você me deixe ir em paz, só isso.

Ele pensou por um instante, antes de dizer.

— Está bem, mas não vai levar nada de dentro desta casa que é minha... E não vou te dar dinheiro nenhum, nem vem com essa de pensão.

— De acordo — ela disse.

E assim, reorganizou sua vida conforme sua vontade. Era imatura demais para saber que poderia ter cobrado Pedro na justiça, que a filha poderia ter condições melhores e para dizer que havia pagado por boa parte das coisas pelas quais ele agora se dizia dono. Mas ela só queria ficar em paz, queria criar sua filha em um lar de amor, não de violência. E mandar na própria vida poderia ser uma boa ideia.

Pedro nunca procurou a filha. Alice perguntava pelo pai no início, depois parou. Os sogros a visitavam eventualmente, compravam presentes para Alice, até deixavam algum dinheiro para as necessidades.

Informou aos pais que havia se separado, se mudado. Os pais foram visitá-la em uma tarde. Sua quitinete era humilde, mas ajeitada. Ela e a filha não tinham nenhum luxo, mas tinham higiene e amor. O pai olhou ao redor várias vezes e então lhe disse:

— Filha, você passou muito trabalho quando saiu de casa?

— O suficiente, pai. As coisas não saíram como eu planejei... Na verdade, eu não planejei foi nada, mas têm certas coisas que me aconteceram que não permitirei acontecerem novamente.

— Você devia voltar para casa com a sua filha. Vocês vão ficar muito melhor lá.

— Meu pai, eu saí porque o senhor me mandou.

O pai encheu os olhos d'água e então disse:

— Nunca, Renata, jamais eu te pediria para ir embora. Sua mãe me disse que foi decisão sua.

Ambos olharam para a mãe por alguns instantes, ela baixou os olhos, eles então entenderam.

— Eu agradeço, meu pai, mas como minha mãe me disse, eu sou mulher. Vou ficar aqui com a minha filha e tenho certeza de que vai ficar tudo bem, é só dinheiro que falta, um dia não há de faltar. Eu só preciso de minha menina e ela só precisa de mim.

O segredo do quarto escuro

FABIANA Z. FACHINELLI

A vila era pequena: uma igreja, o cemitério, o convento, um armazém, a bodega, a parteira e poucos moradores. Mas as histórias daquele lugar eram intrigantes. O médico atendia nas casas, não havia hospital, o padre visitava as famílias. Porém, os moradores, inquietos, falavam com medo da casa do quarto escuro.

De fato, todos que moravam naquela casa tinham medo do quarto dos fundos, chamado de quarto escuro, que ficava perto da janela, naquele imenso corredor. Ninguém entrava no quarto havia tempo. Lá morrera Dona Laura, estirada na cama. Ela era de poucas palavras, contida. Tudo aconteceu naquela tarde em que chovia muito e fazia frio. A família e os vizinhos, tomados pelo desespero, estavam reunidos, rezando o terço. Só se ouviam os murmurinhos de que não tinha mais jeito, e que, sim, tinham que encomendar a alma. Chegou o padre e ouviu-se um último gemido. Sim, ela se foi, a morte a levou inesperadamente.

Lúcia era a única filha de Dona Laura. Melancólica, assim era como mulher, cumpridora das tarefas caseiras, cuidava dos filhos, das roupas, da comida. Nem vestido justo, nem brincos, somente as roupas escuras e largas, que não deixavam à mostra a silhueta de seu corpo. Mãos fortes de tanto trabalho, e como era forte essa mulher. Cuidava de seus quatro filhos, da casa, do marido, do gato e do cachorro. Nas horas vagas, costurava, trabalho que aprendera com a mãe.

Depois de casada, a vida lhe fora injusta, mas sempre preocupada com o que os filhos iriam ser quando crescessem, continuou. Não queria que sua filha Maria, única filha mulher, tivesse a mesma vida que ela tivera. Mas esperança nunca lhe faltava e ao olhar para a caçula, pequena e franzina, dizia-lhe que buscasse um caminho feliz. A pequena nada entendia, mas sempre sorria.

A vizinhança falava que Lúcia tinha sido a mulher mais encantadora da cidade e que tinha muitos pretendentes. Tinha cabelos lisos e macios e, mesmo sempre estando com roupas largas, era percebida, e justamente casou-se com o mais grosso de todos os homens da vila, o Sr. Tobias.

De vez em quando, aparecia um sorriso manso no seu rosto, como quem escondia algo instigador. Olhar profundo, desejos sufocados por uma mulher que não se permitiu sentir nem pensar sobre amor ou paixão.

Certa noite, em que a lua ela contemplava, sentiu o que toda mulher gostaria de sentir, e vagarosamente desceu a alça da camisola branca com flores amareladas, na frente do marido. Ele teria dito algo do tipo "Deita-te mulher, venha cá e para com essa bobagem". Lúcia, cheia de desejos, conteve-se e foi ao encontro do marido. Fechou os olhos e fez o que tinha que ser feito. Estava concluído, sem amor, sem nada. E assim mais uma noite se foi.

Dizia a vizinhança que Sr. Tobias tinha uma amante, uma rapariga da outra vila. Mas Lúcia ficava calada, tinha os quatro filhos para cuidar. Da possível separação, ela se perguntava: "Onde iria morar?", "E os filhos, como ficariam?". E assim, passaram-se os anos e ela sonhava com seu primeiro amor, um amor secreto. Ela se perguntou várias vezes como seria se tivesse se casado com esse amor, mas ela própria sufocava seus pensamentos.

Poder-se-ia dizer que os desejos de Lúcia ficavam naquele quarto dos fundos, quarto que ninguém tinha coragem de entrar, e ali, naquele quarto, seria como num túmulo, tudo dormia.

O filho mais velho de Lúcia se casou. Sr. Tobias dizia que seu filho só poderia se casar com uma virgem. Assim ele achara que seu filho fez. E assim também se casaram os outros dois. Maria era a desgraça da família, isso era o que o Sr. Tobias dizia da própria filha: "Maria, tu és incapaz de conseguir um marido, envergonha a família e ainda fica por aí de namoricos."

Maria tinha sonhos, sonhos de ser feliz, de amar, de ser independente, trabalhar na cidade próxima. Não pensava em se casar, não naquele momento. Queria ler os livros que via pela TV, estudar. Sonhava com o sapato de salto da atriz da novela, com o vestido de bolinhas justo colado ao corpo como o da modelo da revista. Numa tarde de domingo, olhava seu corpo e viu que não poderia ser como a modelo, não tinha aquela cintura, aqueles peitos.

Mas inesperadamente naquela tarde chovia muito e fazia frio, e enquanto contemplava o seu corpo, ouviu gritos.

Vieram alguns vizinhos e o médico da vila chegara tarde demais. Seu pai, o Sr. Tobias, estava estirado no chão, morto. "Ataque do coração", diziam alguns, "morreu de ruim que era", diziam outros, "foi tarde", dissera a vizinha da frente.

Lúcia, a esposa enlutada, olhava friamente aquele corpo no chão do corredor bem em frente ao quarto escuro. Por alguns momentos, ficou ali, pensando no que viveu, no que deixou de viver. De cabeça baixa, calma, e num momento de frieza disse: "Está morto, preparemos o enterro!"

Agora estava sozinha, filhos crescidos, quase não pensava mais no amor que não tivera. Era uma mulher que vivera sem viver. Continuava a fazer suas costuras, a comida, a cuidar da casa. A missa aos domingos era sagrada. Rezava o terço com as outras mulheres da vila. Confessava-se, mas não de todos os pecados. Ela e as amigas faziam chás da tarde com pão de ló.

Mas naquela tarde fria e chuvosa de domingo Lúcia não foi à missa. A porta do quarto escuro estava entreaberta e de novo o pior aconteceu. Estava caída ao chão, respiração sufocada. Naquele momento antes de sua morte, segurou a filha Maria pelo braço, tentando se erguer. A filha ajoelhou-se ao chão enquanto a mãe lhe dizia algo.

E ali, no chão mesmo, partira Lúcia, nos braços da filha. Maria fitara a mãe por alguns segundos, ali, na frente daquele quarto escuro, e começou desesperadamente a chorar. Sentira aquilo como um golpe em seu coração e assimilou as últimas palavras de sua mãe. Num impulso, olhou o baú e fechou fortemente a porta do quarto escuro.

Maria agora estava sem mãe, sem pai, os irmãos casados foram embora. Sozinha naquela casa cheia de sonhos não realizados, desejos não satisfeitos, e um segredo nunca revelado, ela escreveria uma nova história.

Fora à cidade comprar uma fazenda, tecido para fazer roupas, um tanto transparente, e começou o ofício da costura. Sua primeira peça foi uma blusa, igual à da revista. Quando provou a blusa, seus seios ficaram um tanto à mostra, ela gostou. Nos devaneios de suas fantasias, ela se sentia poderosa, seus desejos começavam a aflorar. Passou o batom vermelho, um pouco de ruge. Sentia-se a mais bela das mulheres. Olhava aquela revista e imitava a modelo. Bem, era deveras difícil ser aquela modelo, então decidiu ser ela mesma.

Costurou a saia preta até o joelho, foi à cidade e comprou o sapato de salto alto também preto, fechado atrás. Naquela noite, vestiu a saia, a blusa transparente, colocou o salto e foi à festa. Sim, haveria uma grande festa na cidade. Os pés estavam apertados e doídos, mas estava como queria, bela.

Maria lembrou-se das palavras malditas do pai que percorriam seus pensamentos: "Você é incapaz de conseguir um marido."

Naquela noite da festa, estava decidida a ser feliz, com ou sem marido. Lembrou-se da avó, da mãe, da felicidade não vivida por elas.

Mas a vida surpreendeu Maria e ela encontrou um amor naquela festa, casou-se e engravidou de seu primeiro filho.

Porém, naquela tarde de domingo, fria e chuvosa, enquanto limpava a casa, caiu no corredor que dava de frente para o quarto escuro. Bateu a cabeça na porta do quarto, raspou o braço. O sangue escorria pelo chão. Seu marido, desesperado, chamou a vizinha. Havia muito sangue pelo chão. Procuraram o corte no braço, na cabeça, não havia. De onde então viera aquele sangue todo? Sim, ela perdera seu primeiro filho.

O tempo passou, e não conseguindo engravidar novamente, começaram as desilusões do matrimônio. Entre recorrentes brigas com o marido, desespero, veio a separação.

Maria era chamada de desquitada pela vizinhança, e que além de ter demorado para conseguir um marido, não conseguia nem lhe dar um filho. Depois de um longo período de tristeza, foi aos poucos se recuperando.

Naquela bela tarde de sol, resolveu ir à cidade. Passou naquela banca e comprou a revista do mês. Começou a trabalhar fervorosamente como num grito de liberdade para tentar reconstruir sua vida. Costurava vestidos lindos e blusas maravilhosas. Deixava as mulheres da cidade lindas, causando inveja de algumas e admiração de outras.

Conquistara seu espaço, montara seu ateliê, em casa mesmo. Sim, ela estava feliz. O trauma do casamento fracassado e do filho perdido estava desvanecendo vagarosamente.

Mas a vida surpreendeu Maria novamente, e naquela noite de domingo, naquela escura e fria noite de temporal, um forte raio quebrou a janela dos fundos. A água torrencial entrou pela janela do quarto escuro e vagarosamente passou por debaixo da porta do quarto, alagando todo o corredor.

Desesperada, Maria correu para colocar um pano velho na frente da porta. E lentamente a porta se abriu. Vieram-lhe à mente todas as mortes ocorridas na frente daquela porta do quarto escuro e as últimas palavras de sua mãe vieram à tona com toda força. Ficou apavorada, com medo. Quase perdendo os sentidos, segurou-se fortemente na parede para não cair.

Mas, sim, aconteceu, caíra ao chão, bateu a cabeça na porta do quarto escuro e esta se abriu. Aquele barulho de porta assombrou-a. Ela, ainda meio acordada, começou a gritar por socorro. Os gritos foram tão altos que um homem, que naquele momento passava na estrada, ouviu.

O homem, assustado, bateu na porta, mas ninguém abriu e os gritos cessaram. Num ato de desespero, empurrou a porta com toda a força e entrou. Correu até o corredor que dava para o quarto escuro e levantou a cabeça daquela desconhecida mulher, estirada no chão. Ela estava com aquela blusa transparente que deixavam seus seios à mostra. O homem respeitosamente cobriu-a com seu casaco, pegou-a no colo, abriu a porta do quarto escuro e colocou-a na cama.

O quarto estava sem luz, contava apenas com a luz dos relâmpagos vindos de fora. Pegou uma toalha, secou-lhe o corpo e a cobriu novamente com seu casaco. Ficou ao seu lado até amanhecer.

Na manhã seguinte, a chuva parou e o sol entrou pela janela. Foi aí que ele viu a janela quebrada e o chão molhado.

A mulher que ele desconhecia estava dormindo profundamente. A cama não tinha lençol, cheirava a poeira. Não havia lâmpada no quarto. Apenas um guarda-roupa antigo e um baú com desenhos estranhos que ele não conhecia. "O que poderia haver num baú tão antigo?", pensou o homem, "e que quarto estranho cheirando tão mal...".

Maria lentamente acordou e entrou em desespero. Levantou-se subitamente daquela cama, estava nua na frente daquele homem que nunca vira antes e justo no quarto escuro. O casaco estava caído sobre a cama. Ela fixava aquele homem, como se por detrás de seus olhos enxergasse algo desconhecido. Que sensação estranha sentiu Maria naquele momento, não conseguia se mexer, estava imóvel, assustada, nua. Correu um frio pela barriga que subiu até sua garganta, não permitindo que falasse uma só palavra. Era como se o tempo tivesse parado. Sentia a cabeça girar, estava tonta. Fechou os olhos e, naqueles segundos que pareciam uma eternidade, abriu-os novamente. De repente, voltou a si. "Como eu pude sentir aquilo?", perguntou-se Maria, em silêncio.

Ela nunca havia visto aquele homem, mas ao mesmo tempo a sensação sentida tinha um nome: "desejo", desejo de ser desejada, desejo de amar, de sentir a paixão que estava trancada dentro de seu ser, desejo de se libertar, de se sentir plena. O inesperado e esperado aconteceu.

Quando seu olhar encontrou o dele, a respiração aumentou. Tudo ficou pequeno diante do ato de amor. Sim, em cima da cama do quarto escuro tudo aconteceu. Maria estava segura do que queria e não hesitou. Após um longo tempo, ela se levantou da cama, que já não tinha mais cheiro de poeira, o cheiro agora era outro. Foi ao seu quarto e se vestiu. Ao passar pelo corredor, percorreram-lhe pensamentos sombrios de tudo que viveu, parou em frente à porta do quarto e, numa fração de segundos, lembrou-se novamente de todas as mortes que ali ocorreram e, recordando-se das últimas palavras de sua mãe, um frio percorreu-lhe a espinha.

Maria olhou para dentro do quarto enquanto o homem se vestia. Ele a olhou e disse:

— Não quero absolutamente incomodar a sua vida, mas gostaria muito de ver seu sorriso novamente e quero dizer-lhe que muitas vezes as complicações são o sal da vida.

Vagarosamente, pegou a mão de Maria e colocou sobre sua palma um pequeno papel dobrado, fechou a mão dela, beijou-a.

Ela estava com um vestido de flores que havia costurado naquela semana. O homem, ao ir embora, parou na porta e disse-lhe:

— Você está linda, perfeita — e se foi.

Numa tarde de domingo, chovia e fazia frio. Maria colocou a lâmpada que faltava no quarto escuro. Olhou por alguns minutos o baú, foi em direção a ele e o abriu lentamente. Meu Deus, era verdade, ali estava como sua mãe havia lhe dito. Era um longo vestido preto, cheirando a poeira, mas bem conservado. Era na verdade o "hábito de freira" da avó, que estava intacto. Sim, a avó de Maria era freira do convento da vila. Engravidou e teve que sair do convento levando consigo a roupa que tanto amava. Ao ir morar naquela casa, disse a todos da vila que era viúva, vinda da cidade, e estava com a filha recém-nascida, Lúcia.

Maria dizia para si mesma: "Quão doloroso não foi para Dona Laura guardar este segredo, criar a filha sozinha. Que mulher forte foi minha avó e que mulher forte foi minha mãe..."

Ela se sentiu mais leve após ter aberto o baú, e percebeu que dali não saíra somente um segredo, saíra também a liberdade de todas as mulheres daquela casa.

"Maria era uma mulher sensível, marcada pela vida, mas determinada, sabia dominar suas emoções. Era forte, corajosa e muito sonhadora. Sentiu e viveu momentos na sua plenitude. Conhecia seu corpo, seus desejos mais profundos, ela sabia exatamente o que queria e o que não queria. Sem preconceitos consigo mesma, viveu com aquele homem desconhecido momentos de amor e paixão e isso, com efeito, mudaria a sua vida."

Maria, naquela tarde em que estava fazendo suas costuras, levantou-se e pegou o papel dobrado que aquele homem havia lhe entregue e que estava na gaveta da cômoda. Ao ler, esboçou um imenso sorriso que por gerações não era visto naquela casa. Olhou para a porta do quarto escuro, guardou o bilhete e continuou seu trabalho. Já não tinha mais medo.

Sonho: seu nome e sua essência

HILDETE EMANUELE

Sonho estava na cabeça do seu pai, porque ele queria muito ter uma filha e colocar o nome da sua mãe, uma mulher guerreira, educadora, militante, que defendia a sua comunidade com toda a força e inteligência. O seu pai ficou um pouco desapontado, porque nas duas primeiras tentativas as crianças foram do sexo masculino. Na terceira gravidez, ele nem quis fazer ultrassonografia, esperou até o dia do nascimento para saber o sexo da criança. Quando a enfermeira avisou que era do sexo feminino, o pai, eufórico, só escutou "menino" e então pediu que a enfermeira tirasse a fralda para que ele visse com os próprios olhos qual era o sexo da criança. Sonho era uma menina e o pai saiu gritando pelos corredores do hospital, a felicidade não cabia nele. Sonho só teve uma foto ao lado do seu pai, foi por ocasião do seu batismo, que aconteceu seis meses depois do seu nascimento. Quando Sonho completou 8 meses, o pai foi hospitalizado e veio a falecer quando ela tinha apenas 1 ano e 3 meses. Sonho cresceu escutando as histórias do seu pai e da sua avó paterna. Lideranças que garantiram em seus territórios a alegria, a organização e a educação das suas comunidades.

A vida de Sonho foi bem desafiadora. A mãe ficou viúva e órfã aos 26 anos e teve que sozinha criar Sonho e os seus dois irmãos. As dificuldades financeiras foram muitas, e Sonho também tinha asma. A doença a deixava de fora de muitas brincadeiras e gerou várias internações hospitalares durante a sua infância. Apesar de o médico dizer que asma não tinha cura, a mãe de Sonho fazia tudo o que as pessoas ensinavam para ela ficar boa, mas, entre todas as ações, ganhou destaque uma promessa feita aos Santos Cosme e Damião. Na infância, Sonho sonhava em ser paquita da Xuxa, bailarina e professora. Desses sonhos, o que prevaleceu foi o de ser professora. Já na infância, Sonho ensinou às suas amigas a escreverem os seus nomes e a fazerem o alfabeto. Sonho já chegou à escola alfabetizada.

Na adolescência, começou a namorar bem cedinho, teve muitos namorados e se encantou pela caminhada na igreja por intermédio da infância missionária e do grupo de jovens. Ainda adolescente, começou a trabalhar com decoração de festas e na sala de aula, mas o primeiro emprego de carteira assinada foi numa fábrica de macarrão, aos 20 anos. Nesse primeiro emprego, Sonho aprendeu muito de todos os setores administrativos de uma empresa, porém viveu uma experiência traumática de autoritarismo, racismo e humilhação.

A experiência na Pastoral da Juventude (organização da Igreja Católica que trabalha na evangelização e na formação integral de jovens) é um capítulo à parte da história de Sonho. Tudo começou num grupo de base da PJ chamado JVC (Jovens Vivendo em Cristo) aos 14 anos, depois veio a trajetória na PJ da paróquia, forania, arquidiocese, regional e finalmente nacional. Quando esteve no serviço missionário da secretaria nacional da Pastoral da Juventude, Sonho teve a oportunidade de conhecer 24 estados brasileiros e o Distrito Federal e dois países da América Latina (Bolívia e Venezuela). Foi uma experiência de vida incrivelmente profunda e, por onde passava, encontrava uma casa e uma família para chamar de suas. Esses três anos da sua vida dariam um livro, mas a síntese dessa trajetória é o exercício do amor e do encontro com pessoas e realidades diferentes e aprender que todos os saberes e todos os sabores deste Brasil têm seus valores e encantos.

Depois da experiência na Pastoral da Juventude, Sonho começou a trabalhar no Colégio Marista. Naquela época, Sonho já tinha feito a transição capilar havia três anos e o seu cabelo estava natural. A sua mãe chamou-a para conversar antes do primeiro dia de trabalho e pediu que ela alisasse o cabelo para evitar atitudes preconceituosas e discriminatórias, visto que o Marista é um colégio frequentado por crianças em sua grande maioria brancas e de classe média. Sonho, apesar de compreender perfeitamente a preocupação da sua mainha, não seguiu o seu conselho e foi trabalhar com o cabelo natural. Na primeira vez que ela entrou na sala de aula para dar um aviso, uma criança branca levantou a mão e pediu para fazer uma pergunta que na verdade era um pedido: "Tia, eu posso pegar no seu cabelo? Eu nunca vi um cabelo igual ao seu." Sonho se ajoelhou e permitiu que aquele "anjo" tocasse em seu cabelo. Ele tocava com muito carinho e bem devagar, foram minutos que pareceram uma eternidade e, ao final do toque, ele disse: "Tia, o seu cabelo é lindo e muito bom de pegar, muito obrigado." Sonho, naquela noite, contou aquele gesto para a mãe aos prantos e mais do que nunca teve a certeza da verdade contida naquela frase de Mandela: "Ninguém nasce odiando outra pessoa pela cor de sua pele, por sua origem ou ainda por sua religião. Para odiar, as pessoas precisam aprender, e se podem aprender a odiar, elas podem ser ensinadas a amar." Aquela criança foi ensinada a amar independentemente de qualquer diferença e esse toque sagrado foi tudo que Sonho precisava para se sentir acolhida naquele lugar.

Toda a sua trajetória no Marista foi inspirada e exercitada a partir dos versos de Cora Coralina:

> "Não sei se a vida é curta ou longa para nós,
> mas sei que nada do que vivemos tem sentido,
> se não tocarmos o coração das pessoas.
> Muitas vezes basta ser:
> colo que acolhe,
> braço que envolve,
> palavra que conforta,
> silêncio que respeita,
> alegria que contagia,
> lágrima que corre,
> olhar que acaricia,
> desejo que sacia,
> amor que promove.
> E isso não é coisa de outro mundo,
> é o que dá sentido à vida.
> É o que faz com que ela não seja nem curta,
> nem longa demais, mas que seja intensa,
> verdadeira, pura enquanto durar."

Sonho alimenta todos os dias as bases da esperança: a memória, a luta e a utopia. Ela vem buscando conhecer as suas raízes e fazer memória da sua essência, e nesse caminho tem sido muito importante o registro dessas recordações. Sonho luta incansavelmente por uma sociedade mais igual e mais respeitosa, em que impere a cultura do cuidado, a cultura da compaixão e do amor, por meio de conversas, publicações e motivação para que as pessoas tenham projeto pessoal de vida e acreditem que a utopia é o que nos move e nos faz dar passos em direção ao nosso horizonte, conforme a frase de Thiago de Mello: "A utopia está lá no horizonte. Me aproximo dois passos, ela se afasta dois passos. Caminho dez passos e o horizonte corre dez passos. Por mais que eu caminhe, jamais alcançarei. Para que serve a utopia? Serve para isso: para que eu não deixe de caminhar."

Sonho teve uma crise de depressão no ano de 2013 depois de saber que o homem que ela amava tinha namorada. Na real, a dor maior foi saber que amava e não era amada, que não tinha o amor da pessoa que ela acreditava ser o homem da sua vida. Quando começou o tratamento, Sonho entendeu que aquela realidade foi apenas a ponta do iceberg, a tristeza profunda que ela estava sentindo tinha como raízes decepções e vazios de toda a sua trajetória, a começar pela morte do seu pai quando ela era muito nova, esse vazio sempre a perturbou; depois, os relacionamentos afetivos que sempre vieram em sua vida como devastações e levavam sempre um pedaço dela, e a essa altura da vida, aos 33 anos, ela já estava muito machucada; o vazio da maternidade, um sonho antigo nunca realizado, também tinha peso naquela crise; a presença autoritária de um líder religioso agressivo e preconceituoso; as mortes prematuras de alunos da sua comunidade que ela considerava como filhos; destacam-se, entre todas essas causas, as marcas do racismo que ela carregava no corpo.

Em maio de 2014, Sonho participou de um encontro sobre juventudes e espiritualidade libertadora em Fortaleza, no Ceará. Nesse encontro, ela optou por uma oficina sobre espiritualidade negra e, nessa oficina, Sonho teve um surto depressivo, ela gritava expressando as dores das feridas do racismo em seu corpo. Depois do encontro, durante um passeio numa praia, Sonho teve um surto eufórico. E assim ela voltou para casa, muito eufórica, querendo engravidar de qualquer um, conversava com todas as pessoas em situação de rua que encontrava, não dormia, não comia, tomava cinco banhos por dia, fazia inúmeras listas (das pessoas que amava, dos seus defeitos, dos seus desejos, das suas qualidades, das suas preocupações etc.) e arrumava e desarrumava o guarda-roupa pelo menos três vezes ao dia. Aquela arrumação incansável das gavetas tinha muito que ver com o desejo de arrumar a sua própria vida, de fazer uma faxina nas suas sujeiras interiores, de reorganizar a sua caminhada por esse mundo. Durante o surto, as suas falas não tinham peneira, ela dizia tudo o que vinha a sua mente e foi contando e revelando todos os seus segredos e os segredos das pessoas que conviviam com ela. Foi um tempo bem desafiador para a sua mãe, que a acompanhou em todos os passos do seu tratamento.

Infelizmente foi um processo de dor, mas foram muitas lições aprendidas durante o tratamento no que tange às questões de autoconhecimento, autoestima e principalmente de amor-próprio. Na real, esta foi a principal lição: Sonho aprendeu que ela é o amor da sua vida, que jamais amaria alguém se primeiramente não se amasse, foi um compromisso assumido arduamente e que Sonho carrega até o dia de hoje. O lema da sua vida é: VISTA-SE DE AMOR-PRÓPRIO TODOS OS DIAS.

No ano de 2015, Sonho voltou a trabalhar, mas em seu coração havia o desejo de retornar para a sua terra natal e ficar pertinho da sua mãe, mas também tinha o desejo de fechar alguns ciclos na instituição em que trabalhava, e assim fez. No início de 2016, o desejo de ficar pertinho da sua mainha estava muito forte, mas mesmo assim ela aceitou a proposta de trabalhar numa cidade mais próxima da sua e não retornar para a sua cidade. No mês de maio, a sua mainha foi visitá-la e elas viveram quinze dias lindos e intensos, de muito diálogo, de passeios, de oração, de vida... Em junho, Sonho esteve em sua casa e, pela primeira vez, a sua mainha não chorou na despedida, porque já estava tudo certo para que ela voltasse em julho de mala e cuia. No dia 6 de julho de 2016, Sonho fez uma festa de despedida na cidade onde estava e publicou nas redes sociais: #partiucolodemainha, porém, no dia seguinte pela manhã, a sua mãe teve um infarto fulminante e faleceu. Voltar para a sua casa e conviver com o vazio que a sua mãe havia deixado foi um desafio enorme, mas, mesmo com toda a dor da saudade, Sonho não deixou a peteca cair e seguiu o seu caminho, considerando os lindos conselhos da sua mainha:

"Cuide da sua saúde, saúde em primeiro lugar.

Fale a verdade sempre, a mentira sempre aparece.

Pinte o cabelo, pinte as unhas, lave o rosto direito, passe um hidratante nesses cotovelos, passe um batom, minha filha!

Pare de ficar absorvendo os problemas de todo mundo, sua cabeça vai explodir!

Deixe de ser besta! Não empreste o seu cartão!
Ensina-me a amar e a perdoar! Explica-me o Evangelho.
Sambe mesmo, minha filha, vá até o chão!
Pare de fazer dívida que você não pode pagar, olhe esta fatura do cartão! Você está gastando mais do que o que ganha.
Se cuide, minha filha, descanse, você é uma só! Você não é a Mulher Maravilha, quer abraçar o mundo, pare de fazer tanta coisa ao mesmo tempo!
Siga sempre a voz do seu coração e seja feliz! DEUS LHE ABENÇOE!"

Sonho, aos 39 anos, é uma mulher cheia de si, linda, maravilhosa, ousada, e carrega esse nome porque, apesar de todos os seus medos, os seus desejos são mais fortes e eles a movem por esse mundo: o desejo de amar e ser amada, distribuindo afeto com gestos simples de amor; o desejo de partilhar os saberes adquiridos com a sua história de vida; o desejo de viajar e conhecer cada vez mais as suas raízes (a sua essência), o desejo de organizar uma rede de apoio e de cuidado às mulheres da sua vida, num projeto de sistematização e publicação de histórias de vida dessas mulheres e de organização dos seus projetos de vida; o desejo de proporcionar aos mais necessitados momentos de diversão e arte (por acreditar que a gente não quer só comida); o desejo de voltar para a sala de aula e se aposentar nesse espaço essencialmente de partilha de saberes e crescimento mútuo; o desejo de proporcionar espaços de muita reza, muita luta e muita festa, porque é preciso alimentar a esperança.

Kira

CAROLINA SAMPAIO

Finalmente abri os olhos, percebendo que o corpo de Kira precipitava-se sobre o meu, como acontecia diariamente. Reunindo todas as minhas forças, lentamente rolava para fora de seu domínio. Pensei que desta vez fosse conseguir. Então, ouvi sua voz retumbante que, de além de meu campo de visão, me questionava, contrariada:

— Aonde você pensa que vai?

Imediatamente, todo o peso de meu corpo saiu de meu controle, como se eu fosse controlada apenas por sua voz melodiosa, e eu caí, sem forças, na minha espaçosa cama na qual me era permitido ocupar apenas um pequeno espaço. Kira movimentou-se de forma a anular meus esforços prévios, apoiando toda a sua forma corpulenta em cima de mim, de forma a impossibilitar qualquer tentativa de movimento.

Desde que retornara, ela gastava toda a sua energia, aparentemente inesgotável, em esforços de inutilizar-me. Chegara a minha casa sem avisar num domingo; não tocara a campainha, batera à porta ou tampouco anunciara sua presença de forma alguma. Mas, quando eu chegara à sala, vinda da cozinha com uma camiseta rota e um pote de sorvete com muita calda nas mãos, lá estava ela, sentada nua em meu sofá, com seus seios fartos apontando em minha direção e seu quadril se movimentando sutilmente como se me chamasse para se juntar a ela.

Confesso que, das primeiras vezes que nos encontramos, esse truque teria funcionado facilmente comigo. Tantas visitas depois, contudo, eu já sabia como uma atitude aparentemente inócua como me deitar — ou até mesmo me sentar — com ela no sofá poderia trazer consequências trágicas. Já tinha minha grande cota de experiências com Kira, quase todas traumáticas, e dessa vez ela não me arrastaria para as profundezas, pois eu estava preparada.

Ou pelo menos achava que sim.

A verdade é que eu deveria ter saído correndo sem olhar para trás. Deixar Kira sozinha e visitar um ente querido, ir ao cinema, qualquer coisa que apagasse aquele encontro de minha mente. Mas mesmo com tudo o que já me havia acontecido, eu ainda não tinha entendido como aquele ponto era crucial. Então eu gastara meu tempo sendo cuidadosa, pensando em qual a melhor forma de ação, e majoritariamente apenas tentando me impedir de ir ao encontro dela e seus cabelos brilhantes e vistosos, típicos de um primeiro encontro.

Foi o suficiente. O aroma que ela exalava, seus feromônios peculiares, já tinham me alcançado, e agora minhas pernas bambeavam, e a cada segundo ficava mais difícil manter-me em pé. Eventualmente, sustentar meu peso não era mais uma tarefa realizável para mim, e eu cautelosamente me sentei numa cadeira oposta, querendo apenas descansar. Contudo, ela levantou-se quando eu não mais podia, sentou-se em meu colo, e selou nosso destino juntas com um beijo, suave e paciente. Era o começo do fim.

    Quando ela se levantou de meu colo, seguindo o caminho que lhe era tão conhecido até meu quarto, eu me retive ali, estática. Mas eu não queria mais aquele sorvete. Sua aparência, agora já um pouco derretida, não mais me chamava a atenção, mas eu também não quis leva-lo de volta à cozinha, e deixei o pote ali em meu colo, para que arruinasse o resto de sua consistência. Com algum esforço, alcancei o controle da televisão, mas de canal em canal eu passava, achando cada um menos interessante que o anterior, até que avisos de que eu não tinha acesso àquela programação começaram a aparecer. Eu tinha zapeado por todos os canais de meu pacote. Minhas redes sociais não causaram efeito diferente, e a cada foto ou texto alegre, eu me sentia mais e mais sozinha.

    Acabei seguindo a mulher voluptuosa que aparecera sem aviso. Larguei o sorvete em um móvel qualquer e abri a porta de meu quarto, onde ela ainda estava me esperando, pacientemente. No começo, ela era sempre paciente. Também era bonita, vistosa e delicada.

    Deitei-me ao seu lado, esparramando-me pela cama, enquanto ela se encolhia numa fina faixa de colchão. Olhei para ela com pesar, refletindo sobre o que seria de mim agora que eu me encontrava de novo deitada com tal dama. Agora que permitira que ela ficasse em minha casa, adentrasse meu quarto, deitasse em meus lençóis. Ela me fitou com olhos amorosos, e deu-me outro beijo doce, como se dissesse que tudo iria ficar bem. E eu, em minha patológica necessidade de controle, correspondi um pouco mais agressivamente, pensando que guiava aquele beijo e que detinha as rédeas daquela relação. Puxei-a para debaixo de mim, acreditando que a submetia a meu querer.

    E ela me desmentiu, prendendo suas pernas em lados opostos de meu quadril com força, e travando seus pés um contra o outro nas minhas costas, para que eu não pudesse fugir. Passou a mão, sedenta, em minhas coxas e meus seios, apoderando-se de mim completamente. Percebi tarde demais o que acontecia e tentei me soltar. Sua mão se precipitava ansiosamente em direção a minha vulva, e eu deixei de beijá-la para me concentrar em impedir esse movimento. Por instantes, parecia que ela ia desistir, mas sempre voltava a insistir naquele desejo inconveniente. Com um de seus braços, que já parecia mais forte do que no início, ela me puxava para si, para que beijasse meu pescoço deixando marcas feias e indesejadas. Eu começava a gemer pedindo que parasse, mas ela não me escutava. Ela nunca me escutara. E então, num momento de descuido, seus dedos atingiram meu clitóris.

    Ela o massageava agressivamente, enquanto eu começava a chorar e pedia repetidamente que parasse. Mas enquanto as lágrimas escorregavam pelo meu rosto, seus dedos também escorregavam em mim, atingindo enfim minha vagina. Sua penetração me machucava e eu perdi as forças para me sustentar, caindo por cima dela e chorando copiosamente. Só aí ela parou.

    Mas era tarde demais. Ela já tinha entrado.

    Quando Kira se levantou, sua aparência parecia um pouco desarrumada, comparada com o de costume. Embaixo de onde estava, uma poça de fluido se formara, atestando que ela atingira um orgasmo a minha custa.

Apavorada com o que acabara de acontecer, eu saí correndo do quarto, fechando a porta atrás de mim e aplicando todas as minhas forças para que não se abrisse novamente. Então, percebi que eu não poderia ir a lugar algum apenas de camiseta, e, com um suspiro profundo, retornei ao aposento. Kira me fitava, sentada em minha cama bagunçada.

— Pode ir. Eu não vou te segurar — e riu docemente. — Que tipo de monstro você acha que eu sou?

Mas eu sabia exatamente que tipo de monstro ela era. Peguei qualquer vestido que apareceu quando abri o armário e saí, trocando de roupa no caminho até a porta da frente.

Naquele dia, fiz o máximo de coisas que pude. Fui ao cinema, ao supermercado, à casa de uma amiga. Permiti-me a ilusão de que, quando voltasse para casa, estaria sozinha. Mas quando abri a porta que tinha, acidentalmente, deixada destrancada, lá estava ela: seu cabelo um pouco mais seco, seu corpo um pouco mais forte, seus olhos um pouco mais vermelhos. Aguardava-me, agora vestida com minhas roupas, para que comêssemos doces juntas, desenfreadamente.

Desanimada, deixei as compras em cima do balcão e me dirigi ao quarto. Naquele domingo, chorei até dormir, enquanto ela sentava no canto do quarto, bebendo um vinho interminável, me observando com um sorriso doentio em seus lábios. Ao adormecer, senti um beijo em meu rosto, sabendo que ela se deliciava com o sabor de minhas lágrimas.

Desde então, ela passara a me seguir a todos os lugares, até que eu não mais conseguia ir a lugar algum. Ela estivera comigo quando fui demitida, quando meus amigos brigaram comigo, sempre com uma palavra maldosa para garantir que minhas lágrimas não parassem de correr. Às vezes, me beijava enquanto chorava, às vezes esperava que eu terminasse, e às vezes lambia meu rosto lentamente, rindo largamente depois. Sua saliva deixava um rastro ácido.

A cada dia, ela ficava mais forte: pouco a pouco, seus músculos começaram a aparecer através de sua pele, e conforme ela ia ganhando força, também ganhava, inevitavelmente, peso; o quadro se agravava, pois, conforme eu ia perdendo apetite, ela se alimentava de minhas refeições assim como das dela. Assim, a cada vez que se colocava em cima de mim, ela me subjugava um pouco mais. Seu cabelo também perdia brilho e beleza. Agora era quebradiço e opaco. Suas unhas e dentes perdiam vitalidade com a mesma rapidez. Sua íris crescia continuamente, e a este ponto era apenas uma mancha vermelha e demoníaca em seus olhos amendoados.

Nunca fizemos sexo, mas ela me estuprava com frequência, e gozava conforme eu chorava de dor, física e emocional. Eu sangrava depois de cada vez que suas unhas quebradiças entravam com força em minha vagina apenas para seu prazer, e depois de algum tempo eu desisti de pedir que parasse. Só deitava e deixava que ela fizesse o que queria, porque a verdade é que sua vontade sempre prevalecera.

Logo, eu não ia mais a lugar nenhum que Kira pudesse me seguir. Eu falava com dificuldade, pois ela segurava minha mandíbula com força e se deleitava com minha tortura. Éramos apenas nós duas agora, e a menos que alguém sentisse minha falta e viesse me resgatar — como Kira constantemente me lembrava que eles não viriam —, eu permaneceria sob seu poder para sempre.

Helena

ALYNE S. LIMEIRA

Ela caminhou pelos amplos corredores, sem que ninguém a percebesse, apesar de o eco de seus passos reverberarem no piso frio e nas paredes altas. Naquele dia, Helena são se incomodava em ser invisível, por isso continuou andando até encontrar o sanitário mais próximo. Ela empurrou a porta de metal pintada de cinza e olhou ao redor para ver se havia alguém no recinto. Diante da negativa, ela colocou a bolsa em cima do granito, ligou a torneira e deixou que a água fria molhasse suas mãos.

Os pensamentos dela estavam vagos naquele dia, como se toda a sua vida estivesse passando em *frames* desorganizados em sua mente. Ela olhou para as suas mãos e percebeu como as suas veias estavam saltadas, a pele murcha exibia toda a magreza daquelas mãos. Pensar nisso a fez sorrir com tristeza.

Helena levantou a cabeça e encarou seu reflexo. Depois de alguns minutos ali contemplando sua própria imagem, ela passou os dedos nos cabelos brancos e rebeldes tentando buscar em sua memória quando eles tinham ficado assim, seus olhos tinham pés de galinha, e ao redor de sua boca tinha o chamado bigode chinês. Olhar para as marcas do tempo em seu corpo era reafirmar sua história. Tanta coisa aconteceu para que ela pudesse viver aquele momento. A força desse pensamento a fez viajar através daquelas profundas linhas, levando-a para o dia em que teve a ideia de colher flores para colocar na mesa do jantar. Ela era tão jovem, tinha cerca de 16 anos, mas nessa idade, em sua época, as meninas ainda brincavam de boneca, ao menos era assim que ela lembrava. A única obrigação que tinha era ajudar a mãe nos afazeres da cozinha. Ah! Se não tivesse ido colher aquelas flores. Ah! Se tivesse ficado em casa! Mas não é assim que as coisas funcionam, então o destino permitiu que ela fosse no campo, colhesse flores e conhecesse Jorge, o homem que veio a ser o pai de seus filhos.

Ele era aquele tipo de homem encantador que inebria os sentidos das mulheres com conversa fácil, somado a isso tinha aquele belo par de olhos verdes e a pele queimada do sol. Como Helena poderia não se encantar por ele? Para ela, foi amor à primeira vista, e não havia nada no mundo capaz de tirá-lo de sua cabeça. Imagine! Era seu primeiro amor, quando deu conta de si já havia sido arrebatada por ele. O pai não aceitou o romance, logo se zangou e disse que ela não era mais filha dele, e obrigou-a a sair de casa. O que mais Helena poderia fazer?

Casou-se com Jorge, mas não teve festa nem bolo. O que veio depois daquilo já era de esperar. Teve dois filhos dele, porém Helena acreditou que era feliz, até que, em um fatídico dia, Jorge não voltou para casa. A partir daí, foi ladeira abaixo. Ele chegava bêbado, cheirando a perfume de mulher. Ela era tão jovem e não sabia o que fazer, por isso procurou Maria, sua vizinha.

Maria não era boba nem nada, logo entendeu o que acontecia. Disse que Helena deveria segui-lo para descobrir para onde ele ia, mas a moça se recusou, não se prestaria a tal vexame! E, além disso, quem olharia os seus meninos? Pobre Helena. Depois de tantos questionamentos, acabou fazendo o que a amiga sugeriu e descobriu que Jorge, o salafrário, não só a traía como tinha construído outra família. Aquilo a arrasou, mas não parava por aí, continuou piorando. O destino tem dessas coisas. Vendo que tinha sido descoberto, ele a seguiu pela rua, dizendo que não havia mal ficar com as duas, homem safado tem dessas coisas, mas ela não cedeu, deixou que ele fosse embora, e ainda com uma ponta de desespero, arriscou dizer que o aceitaria de volta, mas teria que deixar a outra! O que ela não sabia é que ele também não cederia.

E foi assim que Helena ficou desquitada com dois filhos para criar sem saber escrever e nem ter leitura. Naquela época era assim, se o marido mandasse a mulher ficar em casa, ela ficaria e não se falava mais nisso. Ela abriu a porta de casa, viu seus pequenos dormindo, e se deixou chorar em agonia. Chorou até que suas lágrimas secassem. No outro dia, foi mais uma vez falar com Maria. Disse todo o acontecido. A amiga estava incrédula, como ele pôde ter sido tão desonesto com Helena? Resolveu dar um conselho que melhorasse a situação:

— Por que você não estuda? — ela disse.

Helena recebeu aquelas palavras com surpresa. Não esperava que a amiga viesse com uma ideia dessas.

— Se eu estudar, quem cuida dos meus meninos? — retrucou Helena.

— Eu cuido! Vai sem medo! — assegurou Maria.

Era a primeira vez na vida de Helena que ela estava por conta própria. Estava se sentindo perdida e sem chão, pois sempre tivera para si um homem que colocasse comida dentro de casa, primeiro o pai e depois o marido. A moça estava em pleno desespero, pois para ela estudo não tinha serventia, mas, por outro lado, ela exigia muito que seus filhos estudassem. Então, a contragosto, tentou mais uma vez a ideia de Maria e foi fazer supletivo.

Lá ela conheceu Rita, mulher de um advogado. Ela era toda metida a madame, e só Helena em toda a classe se aproximou dela, pois percebeu que tinha bom coração, apesar das atitudes. Depois de muitas conversas regadas a bolo e café, Helena criou coragem e contou sua história a Rita, que ficou verdadeiramente compadecida. Como podia moça tão bonita ser largada pelo marido? Por isso, não tardou em falar com o esposo, e disse que se ele não desse trabalho a sua amiga, não teria chamego aquele dia!

Diogo não se importava de ajudar, pois sempre via Rita sozinha, e agora tinha uma amiga. No outro dia, a esposa do advogado correu para dar a notícia a Helena, que a recebeu com espanto e agonia. Como podia trabalhar se nem ao menos ler sabia?

Rita assegurou que isso não seria problema, que se ela se esforçasse tudo correria bem. No dia seguinte, Helena estava empregada graças a duas amigas queridas que valiam muito mais do que qualquer homem. Conforme os anos passaram, os filhos de Helena cresciam e ela percebeu que aquele trabalho não estava mais suprindo as necessidades de sua família. Nesse mesmo dia, Maria, que sempre a acudia, bateu na sua porta com uma apostila nas mãos dizendo que ia estudar para um concurso e que Helena também devia fazer o mesmo!

Ela foi puxada de volta das suas lembranças quando uma jovem entrou pela porta de metal fazendo barulho. Helena, que continuava olhando no espelho, sorriu, deixando as rugas do tempo ainda mais marcadas. Tinha sido maravilhoso se lembrar de Rita e Maria. Ela ficou ali, mergulhada em nostalgia, sentindo saudades dessas amigas que já não existiam, a velhice tem dessas coisas.

Quando ela se deu conta, algumas lágrimas quentes desciam pela sua face e se acumularam nas profundas linhas que ali existiam. Ela as olhou atentamente, perguntando-se de onde tinham vindo. Esse pensamento a fez mergulhar mais uma vez, porém não foi tão distante, era um tempo um pouco mais recente. Ela agora era funcionária pública, tinha ido muito mais longe do que pensou ser capaz. Lembrou-se mais uma vez de Maria. Ela não tinha passado nesse mesmo concurso, passou em outro, viajou e só voltava nas férias para elas irem à praia, matar a saudade e colocar todo a conversa em dia. Em uma dessas visitas, Helena lembrou que estava aflita, pois a filha tinha se apaixonado por um rapaz não muito decente. Ela tentou avisar, mas a menina não ouvia. Resolveu pedir conselho a Maria, mas esta, que sempre fora sábia, disse que ela não devia fazer rebuliço com isso, porque adolescente, quando bota uma coisa na cabeça, ninguém mais tira.

Ela seguiu conforme o aviso de Maria, mas dessa vez de nada adiantou. Clara casou-se com Guilherme, eles viviam em situação apertada, e o rapaz não era dado a fidelidade. Helena conversava com a filha, mas de nada servia, pois ela dizia para a mãe que tinha se casado para toda a vida. Aquilo a deixava doente, mas não se meteu na vida da filha. Os anos foram passando e vieram os netos. Eles eram uma verdadeira alegria. Nessa altura, Clara desistira de Guilherme e voltou a morar com a mãe, que vivia de casa para o trabalho, e nunca para si mesma.

Isso a fez lembrar que foi assim que surgiram as linhas, ajudou a criar os netos, dando sempre aos filhos uma forcinha, mas eles eram esforçados, trabalhavam e estudavam atrás de seu sustento, mas nada nunca estava bom o suficiente. Por isso Helena, que tinha um emprego seguro, não se continha e sempre lhes dava uma ajudinha. Esse é o trabalho de toda mãe, ela pensava, e suas colegas de trabalho perguntavam:

— Helena, qual é o seu sonho?

E ela sempre respondia:

— Eu já batalhei tanto nesta vida, teve dias que eu só comi farinha, e hoje que eu estou bem, tenho sempre que aos meus filhos dar uma mãozinha. Não vejo a hora de eles estarem independentes para que eu tenha finalmente a oportunidade de viajar pelo mundo e conhecer a neve, nem que seja sozinha.

As amigas achavam interessante, afinal de contas, ela era uma avozinha, imagine ficar por aí viajando... As pessoas têm dessas coisas, estão sempre julgando as mulheres. Não importa se elas são independentes, têm sempre que ajudar um parente, seja os pais, os filhos, seja marido, mas sempre vai ter gente querendo ser cuidado primeiro, enquanto a mulher vai ficando esquecida.

Não entenda mal. Helena amava ajudar os filhos e os netos, mas tinha chegado aquele ponto da vida em que não havia ninguém ali que cuidasse dela, e no meio dessa fraqueza ela conheceu Benício, que até parecia ser boa gente, por isso resolveu que ia morar com ele para ver se dessa vez tinha acertado. Estava realmente contente.

Mas o tempo passou e o conto de fadas acabou mais uma vez. Ele saiu do trabalho e disse:

— Seu dinheiro dá demais para a gente viver tranquilo. Eu mantenho a casa limpa, e vai dar tudo certo!

Mas não foi isso que aconteceu. Ele foi se tornando cada vez mais exigente, queria que ela fizesse os afazeres da casa, além de trabalhar o dia todo. A situação ficava cada vez mais difícil e a alegria de Helena foi se esvaindo ainda mais. Nada havia no mundo que a deixasse contente. Certo dia, Clara foi visitá-la com o filho e o menino notou que até o riso de sua avó era descontente. Ele tentava entender o que se passava, por que quando as pessoas ficam adultas deixam de fazer coisas prazerosas, e ficou pensando que aquele vô Benício não era nunca, jamais, boa gente! Criança sabe ver as coisas, porque vê tudo sem as lentes da falsidade. Quando chegou em casa naquele mesmo dia, ele falou para sua mãe:

— Por que vovó Helena não vem viver com a gente?

A pergunta pegou Clara de surpresa, e perguntou ao menino o motivo disso de repente.

— A vovó está triste. Ela era bem mais feliz quando morávamos todos juntos.

Clara ficou pensando naquilo e guardou no coração, pelo menos foi o que Helena pensou quando toda essa conversa o menino lhe contou. O menino Tiago era muito inteligente, percebeu toda a situação rapidamente, fazendo a vovó Helena ponderar se aquele casamento estava realmente bom. Vendo que não, ela quis dar um basta naquilo, mas Benício quis dar uma de valente. Para amenizar a situação, ela teve que vender a casa que comprou com tanto esforço e sacrifício, e dividiu o dinheiro com ele. Aquilo foi a gota-d'água. Ia desistir de tentar a felicidade com homem.

Agora que sua filha também tinha um bom trabalho, disse que ajudaria a mãe a se reerguer. Construíram um primeiro andar em cima da casa de Clara e começaram a morar no mesmo terreno, mas mantendo a privacidade. Agora Helena tinha a impressão de que as coisas iam melhorar. Quando terminasse de pagar o material de construção, ela ia viajar e conhecer a neve.

Sem perceber, Helena abriu um sorriso no banheiro, e uma mulher que estava no recinto a olhou de lado achando que tinha alguma coisa errada com ela. A senhora ficou um pouco envergonhada, mas logo foi embora, e Helena ficou ali, se olhando no espelho, sabendo que cada linha em seu rosto, cada sinal de velhice trazia a sua história. Ela lutou muito na vida para colocar comida na mesa e ajudar os filhos a ser gente, tinha conseguido riscar da lista tudo que se propôs a fazer desde o primeiro desquite, aprendeu a ler e escrever, fez amigas de verdade e as enterrou, o que era a coisa mais triste que tinha feito na vida... Com lágrimas, ela continuou pensando em seu percurso. Arrumou um trabalho, passou em um concurso, ajudou os filhos a se erguer, e fez tudo sozinha com sua força de mulher, sem precisar de homem, até porque os que passaram pela vida dela só serviram para mostrar que sozinha era muito mais forte, e agora só faltava realizar seu sonho; essa era a única coisa que naquele momento de sua vida a estava deixando impaciente, mas logo uma moça falou: "Embarque portão 6, voo para Alemanha."

Pronto, agora não faltava mais nada. Ela pegou a bolsa e o cartão de embarque e foi em busca de sua felicidade.

Ela é o que quer ser

REBECA L. J. SOUZA

Ela era incompreendida, não era aceita por todos, mas o que importava era ser aceita por ela. Olhava para ela mesma como dona de si e não aceitava menos que isso. Andava pelas ruas com o decote que queria e ai de quem ousasse reclamar. Seu batom era vermelho e seus pensamentos eram soltos. Não era do nosso século, nem do século passado, imagine se fosse do século XX? Todos a teriam como louca por não pensar pouco.

Ela falava o que pensava e fazia o que bem entendia, queria o que gostava e buscava o que precisava. Ela não pedia, pelo contrário, ia e fazia. Queria ser professora, matemática, astronauta, não importava, apenas fazia o que podia e o que realmente queria. Não se importava com o que desejavam e esperavam dela, e sim com o que ela almejava.

Ela caminhava de salto para andar no alto, odiava o baixo e o que pudesse colocá-la lá. Ela sabia de tudo e era dona do mundo, até achar Joãozinho, que não a conhecia. Sentia-se amada e cuidada, estava apaixonada, amava-o como amava a vida.

Uma rosa, era assim que se sentia durante todos os seus dias, tocada não só fisicamente, seduzida, era assim que se dizia. Mas a vida não era tão fácil como ela queria e disso ela não sabia, até se sentir acuada por quem amava. A famosa incompreendida passou a ser aceita não por ela, mas por todos, deixou de ser dona de si para ser a menina que era domada pelo mundo, o brilho forte que existia havia sumido, o batom vermelho deu lugar ao preto, seu decote mais perfeito foi tomado pelo maior tecido negro.

Seu amor não aceitava mais seu desejo. O que para ele era uma rosa, do nada virou um simples graveto sem utilidade. Ela era agora do século presente, o século que lhe dava rótulos e lhe tirava todo o foco. Aos poucos, ele ia amassando suas pétalas com suas presas, que a engaiolavam, ela já não era o pássaro solto que rebolava pelo ar, era a que estava sendo sufocada pelo mais poluído vento. Seu jeito de voar estava mudando para agradar ao seu mestre, e aos poucos ele foi machucando suas asas, impossibilitando-a de saltar no ar.

Era triste o que se via. A mulher que fazia o que queria agora cumpria o que ele pedia. Aos poucos, foi deixando de ser ela para ser ele, ela não falava mais o que sentia, ela já sentia o que ele queria, pressão. Deixou de trabalhar para si e começou a ser escrava dele, tudo a sua volta era ele, suas decisões na verdade não eram mais suas, eram dele.

Ela se perguntava onde estava o homem que ela conheceu e por quem havia se apaixonado. O que era um mar de rosas se tornou em um rio de espinhos. A cada ano que passava, ela via uma luz no fim do túnel ao se lembrar dos ensinamentos de sua mãe, que tanto discordou. Anos dizendo que nunca viveria para agradar um homem, e sim para se agradar a si mesma, e ela teve que passar a viver o velho ditado popular: "O que o homem não encontra em casa, procura na rua."

Era isso o que sua mãe lhe dizia desde que nasceu, e apesar de nunca aceitar, passou a se questionar sobre si mesma, se questionar sobre ser boa para ele ou ser boa para ela mesma. Por mais que ela tentasse voltar a ser o que era, para o bem dela mesma, seus pensamentos e medos de não estar sendo uma boa esposa a deixavam frustrada.

Tudo começou a mudar quando teve a primeira filha. Seu marido voltou a ser o amor que ela conheceu, até levá-la para passear ele levou, algo que nunca mais ele havia feito. Por alguns meses, tudo estava perfeito, até ela chegar em sua própria casa e se deparar com algo que a machucaria para sempre, aparentemente. Lágrimas eram a única coisa que saíam de dentro dela, justo uma mulher cheia de vida. Seu esposo estava bem ali, no seu quarto, tocando em outra, assim como ele a tocara um dia, e essa foi a parte mais dolorosa.

Lembrar-se de tudo de bom que ela viveu com aquele monstro, sentir falta do toque que ela sentia no início de todo o romance, a falta de amor que a cada dia aumentava e uma parede de ferro que se formava entre eles, tudo isso aquela mulher naquela cama não estava sentindo, pelo contrário, aquela mulher estava sentindo tudo o que ela mais desejava sentir, carinho. Ela sentiu vontade de fugir e sumir do mundo, afinal, como ela podia ter feito isso com ela mesma? Depois de tanto ter se amado e se valorizado, se entregar a um homem sem um pingo de sentimentos.

Ela desejou morrer, sabia que não tinha errado como esposa, mas a ansiedade a torturava. Lembrou-se da filha e decidiu que precisava se manter forte e aguentar tudo aquilo por ela, pois aquele homem, querendo ou não, era o pai daquela menina. Ao contrário de fazer um escândalo, ela se manteve quieta, algo que não era do seu feitio. Ela se calou até sentir novamente a dor da traição, ela queria se convencer de que ele a amava ainda, de que aquela mulher era só um passatempo, mas ainda assim doía, então ela falou.

Ela colocou seus sentimentos para fora, sua dor, ela achou que tudo se resolveria se colocasse os problemas entre os dois na mesa e pensou que seria uma conversa madura e saudável, mas aí veio o primeiro tapa, a primeira agressão física, o que estava acontecendo? O que ela fez de errado? O que ela deveria fazer? Ela não sabia onde mais sentia dor: no rosto, que agora estava vermelho e dolorido, ou na alma, que parecia estar sangrando por dentro. Quando ela quis se dar ao luxo de chorar e desistir de se sentir presa àquele homem, ouviu o chorinho de sua menininha, a menininha que iria sofrer com a ausência de um pai, e que não tinha culpa de sua mãe não ter escolhido um homem de verdade.

Engoliu as lágrimas e foi ficar com a filha, a única coisa que a deixava feliz naquele turbilhão ser dificuldades.

— Não faça a mesma escolha que sua mãe fez, seja independente e nunca baixe essa cabecinha linda para um homem — ela falou com sua princesinha no colo enquanto amamentava, torcendo que aquele tiquinho de gente pudesse entender, mesmo sabendo, lá no fundo, que a menina não entendia nenhuma palavra que ela dizia e que saía dos seus lábios.

E lá estava o homem com cara de arrependido, na porta do quarto, vendo toda aquela cena. Ela queria chorar, mas novamente decidiu para o seu próprio bem não demonstrar fraqueza.

— Eu não sei o que deu em mim, não deveria ter lhe dado aquele tapa, me perdoa, eu vou mudar — foi a única coisa que ele disse, quase ajoelhado aos seus pés. Quem via a cena acreditava ser arrependimento, até ela acreditou. Ela confiou que o homem que amava voltaria a ser de verdade quem ela conheceu, mas não demorou muito para as violências físicas, verbais e psicológicas se intensificarem. Cada ano que passava ela prometia sair daquela casa, mas nunca conseguia.

Uma Cinderela no cativeiro da madrasta má, era assim que aquela mulher se sentia, mas, no seu caso, em vez de um príncipe a salvá-la daquele inferno, o homem que deveria ser o príncipe era o bruxo mal. Um conto trágico era sua vida.

— Mamãe, não chora, rainha que é rainha coloca sua coroa na cabeça e sorri — foi o que sua filha de 5 aninhos disse, depois de presenciar mais uma agressão do pai contra sua mãe.

Instantaneamente se lembrou de quem ela era, da mulher forte e independente que era mas que tantas guerras haviam ofuscado. Lembrou-se da época em que falava o que realmente pensava e sentia e no quanto se sentia importante assim. Ela era até Cinderela, mas não uma qualquer, era aquela que não precisava de um príncipe para ser feliz. Depois de tanto tempo ensinando a filha a ser uma futura mulher independente de homem em qualquer área da vida, decidiu ela também ser essa mulher.

Percebeu que independência não vem apenas na área financeira, mas seus sentimentos também precisavam ser independentes, sua alma precisava ser independente, sua felicidade só dependia dela e aprendeu isso com a pessoa que ela mesma ensinou. Surpreendentemente, a aluna superou a sua professora de vida.

Ela sorriu e então voou, se libertou, saiu daquela gaiola e daquele homem que a prendia. Ele prometeu mudar, mas não contava que aquela mulher que mudaria, mudou e voltou a ser dona de si, mudou e deixou de ser mandada por ele, ela voltou a se arrumar por ela, voltou a trabalhar por ela, ela saiu daquela casa para o bem dela, ela voltou a ser quem realmente era por ela, ela voltou a viver por ela. Aquela mulher reaprendeu a se amar e se respeitar, a se cuidar.

Colocou seu melhor sorriso e seu melhor salto, passou a desfilar na passarela da vida sozinha. Ela agora vivia por ela, afinal, em vez do batom preto, que era obrigada a usar para que ninguém a notasse, agora ela voltou a usar seu batom, o mais avermelhado que tinha, e as roupas longas que escondiam sua beleza foram trocadas por roupas que a valorizavam e também ao seu corpo.

Ela realmente voltou a voar, voltou a sorrir, voltou a viver, voltou a namorar com a vida, a aproveitar sua filha de verdade, e o mais importante é que agora ela não vai se deixar mudar por ninguém, não vai se calar mais por nada, não vai chorar mais por besteira, não vai parar de sonhar por ninguém. Ela aprendeu que pode ser o que quiser ser, ela aprendeu e aprendeu de verdade.

Além de voar, ela ensina a filha a saltar na vida, a ser ela mesma. Ela aprendeu a respeitar a opinião das pessoas, aprendeu a respeitar as pessoas, aprendeu a ser mãe e pai, a conquistar seu espaço de casa em qualquer lugar e entendeu uma grande lição: ela não precisa provar que é uma boa esposa, muito menos que é uma boa mulher. Quando alguém não sabe valorizá-la, não importa o que ela faça, nada é o suficiente, ou seja, ele sempre vai procurar fora o que já tem dentro. Ela só não sabia disso.

Agora ela é a menina atual que luta pela mulher e que ensina a sermos quem quisermos ser, ela é uma inspiração para ela, para a filha e para o mundo, ela é uma princesa que não precisa de príncipe, ela é a rainha do seu castelo sem ao menos existir um rei, ela é a dona do mundo, ela faz o que quer, ela é o que quer ser, ela é mulher.

Simplesmente Ela

TANJA VIVIANE PREISSLER

    Ela nasceu, cresceu, sofre e é feliz. Mas ela também sabe que um dia morrerá.

    Ela teve pai e mãe, os avós maternos e paternos e também os avós de coração. Mas ela também já perdeu quase todos.

    Ela aprendeu a ler, foi à escola, estudou, aprendeu, evoluiu, ficou muito inteligente. Mas ela também errou, sofreu as consequências e aprendeu mais ainda.

    Ela correu, brincou e sorriu. Mas ela também caiu, se machucou e sofreu.

    Ela foi menina sorridente, chorona e mimada. Mas ela também sentiu dor, foi magoada e derramou lágrimas sentidas.

    Ela amou, encantou e fantasiou. Também a amaram, mas também a desprezaram.

Ela foi ao céu, mas também desceu ao inferno.

Ela dorme, tem muitos sonhos e acorda para a vida. Mas todo dia seus sofrimentos a matam um pouquinho.

Ela morre por dentro e renasce novamente. Levanta, passa um batom e vai à luta.

Ela desiste de tudo, chora e adormece. Mas quando acorda ela se recria e volta a viver.

Ela tem lembranças que a fazem sorrir e chorar de emoção. Mas tem outras que insiste em esquecer.

Ela foi bela, é bela e sempre será. Mas seu espelho não esconde sua idade.

Ela corre do sofrimento, vai ao encontro da felicidade e contagia sua força. Mas por dentro há medos, tristezas e mágoas.

Ela reúne sua meninice com sua idade avançada. Uma menina feliz, adolescente rebelde, adulta lutadora, mulher vitoriosa e idosa saudosa.

Ela não tem medo da solidão. Mas também é carente e frágil.

Ela vive, sofre, ama, luta, ganha, perde, recomeça, cai, levanta, é derrubada, renasce, volta com tudo, amadurece, envelhece, recorda, revive, dorme, acorda, tem insônia... Ela é Mulher... Ela é, simplesmente, Ela.

Vienna

M. LIMA REZENDE

Ao subir a escadaria da estação de metrô, Liana foi cumprimentada pela suave brisa da primavera e pela familiar sucessão de farmácias, padarias e boutiques que se enfileiravam no lado direito da calçada. Desvencilhou-se de um ciclista apressado e tateou o bolso do casaco à procura do molho de chaves, espiando o interior mal iluminado da loja de discos.

Limpou a sola do tênis surrado no pequeno carpete da entrada e abriu as persianas, cumprimentada pelo miado hesitante de Luna, que preguiçosamente atravessava a cortina dos fundos da loja e se empoleirava no balcão. Acariciando o pescoço da gata, Liana posicionou o crachá no bolso da frente da camisa e girou a placa presa à porta de vidro, indicando que o estabelecimento se encontrava aberto a partir daquele momento.

Sentou-se e esperou, como fazia diariamente nos últimos cinco anos. Olhou em volta, observando as paredes lilás e o pequeno lustre central, que lançava uma luminosidade morna no ambiente. Nas prateleiras, discos de vinil organizados em ordem alfabética e de acordo com a década de lançamento.

A VitroLLa representava a totalidade do patrimônio deixado por Lílian, sua falecida mãe, que perdera a batalha contra um câncer de mama havia meia década. A vaga no curso de Medicina, conquistada à custa de muito esforço, perdeu a razão e o significado. Liana tinha o único objetivo de proporcionar uma vida melhor para a mãe, ora substituído pelo desejo de manter viva a sua memória.

Aquela loja era a pura essência de Lílian. Despojada, acolhedora, obstinada. Aos 19 anos, rejeitada pela família por motivos que Liana ainda desconhecia, a jovem mãe solteira reuniu seus únicos pertences em uma mochila — um punhado de roupas e a discografia dos Beatles em vinil — e saiu de casa com a filha recém-nascida a tiracolo.

Com a ajuda das amizades que rapidamente conquistou, montou aos poucos a pequena loja. Os preciosos discos do quarteto de Liverpool, recebidos de presente do pai no seu aniversário de 10 anos, foram os primeiros itens vendidos, desfazendo-se do único laço que restava com a família biológica.

Arrancada de seus devaneios pelo tilintar do sino que pairava sobre a porta de entrada, Liana se voltou para o potencial cliente, provavelmente o único do dia. Era uma mulher, parcialmente oculta por um chapéu, óculos escuros e um casaco de gola alta. Liana era incapaz de precisar sua idade.

— Bom dia — disse educadamente, recebendo da mulher, em resposta, um leve sorriso. Sem nenhuma pressa, a recém-chegada caminhou entre as prateleiras, examinando discos variados. Carregava no ombro direito uma bolsa elegante de couro.

Para deixá-la à vontade, Liana se ocupou com a vitrola que mantinha em cima do balcão, posicionando a agulha no disco que ali aguardava. *Wouldn't It Be Nice?*, dos Beach Boys, começou a tocar em um volume agradável.

Vários minutos depois, a mulher ainda não dissera uma só palavra nem desviara o olhar das prateleiras.

— Posso ajudá-la a encontrar algo específico? — perguntou Liana, constrangida.

A mulher não respondeu. Começou a caminhar em direção ao balcão com um disco nos braços. Frente a frente com Liana, suas feições se enrijeceram de surpresa, como se pela primeira vez notasse que não estava sozinha no estabelecimento.

— Algum problema, senhora?

— Não, eu... vou levar este, por favor.

Pelo tom de sua voz, Liana presumiu que tinha aproximadamente 40 anos de idade. O disco que escolhera era *The Stranger*, de Billy Joel.

— Boa escolha — disse Liana, sobressaltando novamente a mulher. Enquanto enfiava o disco em uma sacola e registrava a transação no computador, a cliente abriu a bolsa para pegar a carteira, dali retirando exatos dez reais.

Sem agradecer nem se despedir, saiu de imediato da loja, quase tropeçando em Luna.

— Que grosseria! — exclamou Liana. Ao se agachar para pegar a gata no colo, percebeu que a cliente derrubara no chão um pedaço de papel, que escorregara parcialmente para debaixo do balcão.

Era uma fotografia. Antes de propriamente examiná-la, Liana saiu correndo para a rua, em busca da mulher. Mas esta já desaparecera em alguma esquina. Não havia, no verso da foto, nenhum telefone nem endereço para contato. Fora rabiscada, com caneta azul, a seguinte frase: *Para L.N., meu alvorecer*.

Atiçada pela curiosidade, Liana observou a fotografia com mais cuidado. A coloração amarelada indicava se tratar de um registro antigo. Era o retrato de uma adolescente sentada em um muro de pedra, vestindo uma calça *jeans* boca de sino e uma camiseta azul de mangas curtas. Seus cabelos escuros eram compridos e lisos e ela sorria de maneira espontânea para a câmera, como se o fotógrafo tivesse acabado de contar uma piada.

Foi então que, reprimindo um grito de surpresa, as mãos de Liana começaram a tremer. Por um breve momento, pensou que olhava para si mesma. A fotografada era Lílian, sua mãe. Pelo menos trinta anos mais jovem que a última lembrança gravada na memória de Liana, mas as maçãs do rosto, o nariz e a boca não deixavam dúvidas.

Respirando fundo para acalmar as batidas de seu coração, Liana sentou no chão, apoiando as costas no balcão, e procurou raciocinar. Se antes a devolução da foto era mera questão de cortesia, agora se tornara essencial para sua própria sanidade. Quem era aquela mulher e como conhecia Lílian? O que sabia sobre ela? Tinha conhecimento de sua morte? Sua visita à VitroLLa fora somente uma incrível coincidência?

Examinando novamente a fotografia, Liana franziu os olhos para a construção atrás de sua mãe, circundada pelo muro de pedra. Embora desfocada, via-se que era uma casa de tijolos vermelhos. Um detalhe no canto esquerdo da imagem chamou sua atenção e o aperto que sentia no âmago lentamente se afrouxou.

Liana conhecia aquele lugar e agora sabia por onde começar a busca pela misteriosa mulher. Vestiu a coleira em Luna e trancou a porta da loja ao sair para a rua.

⁓⊙⁓

Uma hora mais tarde, viajava em um ônibus intermunicipal rumo à cidade vizinha, com a gata cochilando na poltrona ao lado. Confirmou no celular, pela terceira vez, o endereço de destino.

Os tijolos vermelhos da fotografia e o pequeno balanço no gramado do Café & Sonhos evocaram memórias da infância, dos momentos que ali passara enquanto a mãe ouvia conselhos da senhora baixinha de óculos redondos. Viúva, Dona Fátima preencheu o vazio familiar deixado pelos avós biológicos de Liana.

Digitou o nome da cafeteria no Google e verificou, para seu alívio, que ainda funcionava no mesmo local, nutrindo esperanças de que ainda encontraria Dona Fátima a gerenciar o estabelecimento.

Era uma curta caminhada a partir da rodoviária. Ergueu a foto em frente à construção de tijolos vermelhos, fazendo desaparecer as últimas dúvidas de que se tratava do mesmo local. Sentiu o cheiro do pão de queijo que acabara de ser assado e abriu um sorriso ao ouvir a voz de Dona Fátima dando ordens aos cozinheiros.

Àquele horário, o café se encontrava vazio. Liana entrou lentamente, respirando o aroma da nostalgia. Olhou ao redor e deu de cara com Dona Fátima atrás do balcão, encarando-a de boca aberta.

— Minha querida! — ela exclamou, jogando-se nos braços de Liana. — Como você cresceu! E como está parecida com sua mãe!

Naquele abraço acolhedor, Liana sentiu cheiro de talco e lavanda. Sentiu, acima de tudo, que estava em casa. Ao reencontro se seguiu uma conversa lacrimosa. Dona Fátima lhe disse que soubera da morte de Lílian há aproximadamente dois anos e desde então fazia uma oração silenciosa todas as manhãs, sentada à mesa que ela costumava ocupar em suas visitas.

Liana explicou o motivo da visita e mostrou a fotografia a Dona Fátima, descrevendo a mulher que a deixara cair na VitroLLa.

— Preciso encontrá-la — concluiu Liana. — A Café & Sonhos é a única pista que eu tenho.

Dona Fátima a encarou com um olhar triunfante.

— Seria praticamente impossível localizar essa mulher somente com a descrição que você me forneceu. Mas não preciso de descrição alguma. Sei muito bem quem você procura.

Confusa, Liana não disse nada. Tomando-a pelo braço, Dona Fátima a conduziu em direção ao terraço banhado de sol.

— Você deve saber que, logo após seu nascimento, sua mãe e os pais dela brigaram feio — prosseguiu Dona Fátima, enquanto se acomodavam no banco de madeira ao lado da porta de entrada da cafeteria.

— Sim, mas eu nunca soube o que realmente aconteceu.

— Por causa dela — disse Dona Fátima, apontando para o verso da fotografia — *L.N. Laura Noronha.* Se não estou enganada, é a mulher que você procura.

— Não conheço nenhuma Laura Noronha — afirmou Liana, encarando a rua pacata. Sentia-se estranhamente irritada, talvez porque temia descobrir que nunca conhecera de fato a própria mãe. No jardim, próximo ao balanço, Luna perseguia uma abelha.

— Nem poderia. Até onde eu sei, ela saiu do país quando você nasceu. O que você me contou hoje é a primeira notícia que tenho dela desde então.

Dona Fátima então suspirou, decidindo ir direto ao ponto.

— Laura e sua mãe se conheceram neste café. Eu testemunhei. Sua mãe já estava grávida e tinha acabado de ser abandonada pelo namorado. Laura a apoiou durante toda a gestação. Elas se apaixonaram e pretendiam criá-la juntas. Acontece que os pais das garotas não aceitaram o relacionamento. Laura foi morar no exterior, salvo engano em Portugal, por ordens dos pais. E os seus avós expulsaram Lílian de casa. Por isso, como você certamente lembra, ela vinha até aqui todos os meses, perseguindo resquícios do amor perdido.

Liana mergulhou em um profundo silêncio. Desistindo de capturar a abelha, Luna se aproximou da dona, por quem foi prontamente abraçada. O relato de Dona Fátima era um trecho da história de Liana, uma parte de sua própria vida que ela desconhecia inteiramente. Sentia um misto de mágoa, tristeza e confusão.

— Você está bem, querida? — perguntou Dona Fátima com delicadeza.

— Sim. Vou ficar bem.

— Quero que você entenda uma coisa. Esse episódio foi muito doloroso para sua mãe. Acredito que, por essa razão, ela não contou nada para você. Tampouco cabia a mim contar.

— Eu entendo. Não estou chateada com você, Dona Fátima. Preciso de tempo para processar o que você me contou e decidir o que fazer.

— Se me permite um conselho — sussurrou a velha senhora, envolvendo Liana pelos ombros —, acho que você deveria procurar a Laura. Lílian sofreu perdas demais durante a vida. Busque um final feliz para essa história.

⁂

Entardecia na capital. Liana aguardava no átrio de um luxuoso empresarial no centro da cidade, atenta aos transeuntes que entravam e saíam do prédio. No dia anterior, um domingo, aceitara a oferta de Dona Fátima e pernoitara em sua residência, onde pesquisara na internet por Laura Noronha, descobrindo se tratar da sócia majoritária de um renomado escritório de advocacia.

Na manhã seguinte, despediu-se de Luna e de sua anfitriã, deixando instruções sobre a alimentação da bichana, e embarcou em mais um ônibus intermunicipal.

Debateu por alguns minutos se deveria abordar Laura na saída ou pedir para ser anunciada pelo entediado recepcionista através do interfone. Decidiu que jogar limpo e ser honesta era o melhor caminho. Instruiu o recepcionista a dizer que quem aguardava a advogada era a filha de Lílian, dona da VitroLLa. Transmitidas essas informações, seguiu-se o que pareceu ser um longo silêncio do outro lado da linha.

— A Dra. Noronha vai descer em alguns minutos — declarou enfim o recepcionista, desligando o interfone.

Liana murmurou um agradecimento e começou a roer as unhas. Ensaiara o dia inteiro o que pretendia dizer, mas tinha consciência de que, quando o momento chegasse, sua mente se esvaziaria.

Com um sinal sonoro, as portas do elevador se abriram, revelando uma mulher de blazer cinza e saia justa até os joelhos, os longos cabelos ruivos amarrados em um elegante rabo de cavalo. Seus olhos castanhos encontraram os de Liana e as feições de porcelana repousaram em uma expressão de profunda ternura.

— Olá — disse Laura, cautelosa. Estendeu a mão e Liana a apertou, reconhecendo a voz que ouvira na loja de discos.

As duas mulheres se entreolharam por alguns instantes, incertas de como prosseguir. Laura rompeu o silêncio ao abrir a bolsa de couro — a mesma que carregava na véspera, ao entrar na loja de discos — e de lá retirar uma chave de carro.

— Estou indo para casa. Gostaria de me acompanhar?

Liana confirmou com a cabeça e seguiu a advogada por um lance de escadas até uma ampla garagem no subsolo. Percorrendo as movimentadas avenidas na hora do *rush*, as mulheres iniciaram uma conversa amena. Liana explicou a Laura como encontrara a fotografia e reconhecera o local onde fora tirada, chegando até ali com a ajuda de Dona Fátima.

— Como me alegra saber que ela ainda está viva... — comentou Laura, com o olhar perdido no horizonte. — Soube do falecimento da sua mãe através de Vilma — acrescentou, franzindo ligeiramente a testa. — Ela me localizou no Facebook e deu a notícia. Um tardio sentimento de culpa, eu presumo.

Vilma era a avó materna de Liana. No rádio do carro, tocava pop-rock da década de 1970.

— Nós nos conhecemos em 22 de outubro de 1990. Desde que retornei de Portugal, procuro visitar, sempre nessa data, uma loja de discos de vinil que ainda não conheço. Assim me recordo dela.

— Então você sabia...

— Não! Pura coincidência. Aliás, gostaria de me desculpar por ter sido tão rude. Fiquei abalada com a semelhança entre vocês duas.

Liana reprimiu as lágrimas que ameaçavam escorrer e sentiu a cabeça latejar.

— Ontem comprei aquele disco do Billy Joel porque uma música específica me lembra muito ela — prosseguiu Laura. — Chama-se *Vienna*.

E então cantarolou: *Slow down, you crazy child, you're so ambitious for a juvenile, but then if you're so smart tell me why are you still so afraid?*

— Tem razão — concordou Liana, deixando cair as lágrimas, porém, feliz.

— Ela estava assustada com a gravidez, sabe? Mas determinada a trazer você ao mundo e criá-la da melhor forma possível. Vejo que conseguiu — acrescentou, tirando os olhos da estrada pela primeira vez e sorrindo para Liana.

Chegaram a uma larga alameda margeada por residências de dois andares, pintadas em tons pastel. Laura estacionou o carro em frente a uma delas.

— Venha — disse ela, enquanto desafivelava o cinto. — Quero que conheça minha família.

Flora e Noemi

CHRISTIANE COUVE DE MURVILLE

As irmãs Flora e Noemi eram muito conhecidas na cidade onde moravam. Eram moças lindas, e não apenas do ponto de vista da aparência física. Seus olhos brilhavam, o sorriso encantava e sempre tinham uma palavra gentil a oferecer. Eram humildes no modo de se apresentar, ajudavam todo mundo, respeitavam todos os seres e não julgavam ninguém. Levavam luz a todos os lugares por onde passavam e trabalhavam incessantemente para que todos ficassem bem, vivessem em paz e fossem felizes.

Quando perceberam que à volta de onde moravam tudo estava em ordem, florido, limpinho, cheiroso e arrumado, e que ninguém mais necessitava de ajuda ou de seus cuidados, Flora e Noemi mudaram-se para uma cidade vizinha. Sabiam que no município ao lado tinha muita gente desabrigada, doente e infeliz, passando fome e vivendo em condições difíceis. Havia muito trabalho a fazer por lá.

Flora e Noemi circularam por várias regiões, promovendo bem-estar e renovando esperanças. Não sossegariam enquanto houvesse um ser sequer passando mal ao lado delas.

Porém, chegou o dia em que as duas foram a um povoado onde tudo parecia perfeito. Não havia indigentes na rua, os jardins e os animais eram bem cuidados, as construções impecavelmente conservadas e não tinha lixo na calçada! As pessoas que encontravam exibiam semblante descontraído, pareciam bem. Aparentemente, não havia trabalho nenhum a fazer ali.

— Este povoado está me parecendo o paraíso! — exclamou Noemi, encantada.

— Será que chegamos mesmo no céu? — perguntou Flora, um pouco desconfiada.

Ao tomar conhecimento que Flora e Noemi estavam na região, o prefeito correu para recebê-las pessoalmente. Havia ouvido falar da beleza das duas e do trabalho que realizavam. Tentaria convencê-las a ficar na cidade. Certamente todos ali se beneficiariam com a presença daquelas almas santas e ele seria reconhecido como o prefeito da cidade perfeita, referência de excelência em qualidade de vida, do paraíso na Terra!

O prefeito cobriu Flora e Noemi de elogios, relembrando os feitos fantásticos das duas, e promoveu uma grande festa em homenagem a elas. Afinal, elas eram excepcionais, faziam um trabalho incrível, estavam de parabéns, eram exemplo de altruísmo e bondade. O prefeito estava impressionado, iria apresentá-las aos moços da cidade, arranjaria um parceiro perfeito para cada uma delas de modo a seduzi-las e segurá-las por perto. Ele ainda insistiu:

— Darei a cada uma de vocês uma propriedade magnífica, com uma mansão maravilhosa, carros de último tipo, com chofer para levá-las aonde quiserem, além de serviçais para atendê-las em todas as suas necessidades — disse ele, pronto a dar-lhes todas as opulências terrenas possíveis e imagináveis.

Noemi sentiu-se lisonjeada. Já havia trabalhado muito na vida. Talvez fosse mesmo a hora de se aquietar em algum lugar, criar raízes, casar-se, ter filhinhos e constituir uma família. Bem que merecia viver no paraíso, havia se esforçado muito para chegar ali!

— Muito obrigada pelos presentes, que aceito de bom grado — disse Noemi, certa de que havia, finalmente, alcançado um mundo perfeito de paz e harmonia perenes, que havia chegado ao céu!

Do seu lado, Flora perguntava-se por que tanta bajulação. Ao longo dos últimos anos, havia apenas feito o trabalho dela, o que achava correto e natural fazer. Não havia nada de extraordinário em seus feitos! Por que ser agraciada por algo que todo mundo deveria fazer e de modo espontâneo?

— Agradeço as honrarias e as oferendas — disse Flora. — Porém, não posso ficar, tenho ainda trabalho a fazer.

— Como?! Você vai recusar meus presentes? — reagiu o prefeito, surpreso. — Você já trabalhou muito. Que tal descansar um pouco? Aqui você poderá desfrutar todo o conforto que a vida moderna tem a oferecer, do bom e do melhor. Você merece viver em abundância e usufruir de inúmeras regalias! — insistiu ele.

Flora agradeceu novamente, mas deixou claro que não ficaria. Era feliz ajudando outros a serem felizes. Além do mais, com certeza havia pessoas, em outras cidades, necessitando de algum auxílio. Precisava seguir caminhando. Também, o sentimento de abundância não tinha nada a ver com riquezas terrenas! Vinha de uma sensação de completude e de satisfação com a vida e o que ela graciosamente oferece a cada dia. Ela já vivia em abundância, não precisava de nada daquilo que o prefeito lhe ofertava.

Contrariado, o prefeito fechou a cara. Sentiu-se profundamente ofendido. Como Flora recusava seus presentes?! A bajulação inicial transformou-se em descontentamento evidente. E ao ver a fisionomia carrancuda do sujeito que até pouco tempo passava-se por senhor benevolente, Flora teve certeza de que ali não era paraíso nenhum.

Seguiu então seu caminho, depois de despedir-se da irmã. Esta última já havia sido seduzida pelas promessas de opulências materiais. Noemi ficaria naquele suposto paraíso, era hora de descansar, merecia estar ali, afinal já havia feito muito pelos outros, cuidaria agora da própria vida, racionalizava ela.

Noemi aproveitou ao máximo as regalias ofertadas. Porém, logo se sentiu ociosa, entediada e cansada. Não havia o que fazer naquele paraíso. Mas ela já estava apegada às novas comodidades que tinha a sua disposição e, aos poucos, foi perdendo o brilho por tanto pensar em si e em suas coisinhas. Quando se olhou no espelho, notou que tinha perdido completamente o viço, exibia uma fisionomia triste e acabada, e não havia mais brilho em seu olhar!

Finalmente, Noemi reconheceu que jamais seria feliz pensando apenas em si. O chique era servir e não ser servida! Foi então atrás de Flora e, quando a encontrou, quase não a reconheceu. A luz que a irmã irradiava era tanta que chegava a ofuscar!

Melhores Amigas

RODRIGO ULIANO

Ao entrar no escritório da madre superiora, no Convento das Irmãs Enclausuradas, em algum lugar do interior de São Paulo, onde as irmãs não tinham acesso nenhum ao mundo civilizado, irmã Guadalupe mostrava-se assustada. A madre logo foi atendê-la:

— Irmã Estela, entre! Em que posso ajudá-la?

— Eu também gostaria de saber, madre — disse a irmã, fechando a porta atrás de si. — Eu não consigo me concentrar nos trabalhos. Às vezes, penso que não devia ter vindo pra cá.

— Mas que bobagem! Este é o lugar certo para você. Uma pessoa com um passado imaculado e invejável como o seu. Como pode sequer pensar numa coisa dessas? A não ser que o seu histórico daquele convento no Rio de Janeiro seja falso. Não é falso, é, irmã Guadalupe?

Irmã Estela olhou-se no espelho do outro lado do escritório. Lembrou-se de que seu verdadeiro nome é Ruth. Também se lembrou da época em que era criança, ao lado de sua melhor amiga, Rita.

Rita e Ruth eram as melhores amigas quando estudavam durante o fim da infância e o início da adolescência. Uma, praticamente, não fazia nada sem a outra. Mas o pai de Ruth pensou que seria melhor trabalhar no Sul pois, segundo a visão dele, o Rio de Janeiro estava ficando moderno demais para o seu gosto.

Durante a despedida das amigas, rolaram mais lágrimas que na Noite de São Bartolomeu na França, em agosto de 1572.

— Espere por mim, Rita? Eu voltarei um dia. Custe o que custar.

— Sim, Ruth. Esperar-te-ei nem que leve mil anos.

Ruth jamais perdoara seu pai por tê-la separado de Rita. Ela repetia sempre mentalmente "Eu o odeio! Eu o odeio! Eu o odeio!".

Passaram-se uns dez anos. Ruth foi visitar Rita. O encontro foi emocionante. Rita serviu um belo chá à amiga. Esta contava o que fizera e o que não fizera nesses últimos anos em terras gaúchas.

— Está certo, Ruth. Mas conte-me, eu ansiosa por saber sobre os seus pretendentes.

— Como assim? Não percebo que estás a dizer, Rita!

— Ah, não seja tola! Seus namoricos. Olhe para mim. Tenho marido e amante. — Ruth assustou-se com a informação que deixou a xícara cair. — Não precisa ficar emocionada com a minha alegria. É divertido mesmo. Meu marido Vilela serve para pagar as minhas contas e meu amante Camilo, para satisfazer meus caprichos.

A indignação de Ruth era tão evidente que ficou petrificada.

— Ah, querida, não devia falar assim, de supetão. Talvez eu seja avançada demais...

— Não! — cortou Ruth. — A culpa é minha. Sei que depois de *Madame Bovary*, as mulheres nunca mais foram as mesmas. Bom, eu preciso ir. Repetiremos o chá?

— Com toda certeza.

Em seu quarto alugado numa pensão na região do Catete, Ruth não podia acreditar na situação por mais que se esforçasse. "Não é possível!", pensava. "Eu me guardei para minha amada Rita durante todos esses anos e ela me trai desse jeito, ainda mais com dois!" Aos prantos, ela dizia a si mesma, "Isso não está certo: Rita é minha amiga para todo o sempre, não deles! Que diabo ela viu neles? Além de tudo, eu sou mulher, muito melhor que aqueles dois...". "Como sou mulher, só eu posso dar o carinho que Rita precisa, percebe-se a insatisfação sexual em seus lindos olhos." Ruth enxugou as lágrimas. "Certo. Se Rita não pode ser a minha amiga, como ela prometeu que me esperaria por mil anos; também não será de mais ninguém. Espere um pouco, minha linda, livrar-te-ei desses dois animais."

Rita e Ruth passaram a tomar chá com mais frequência. Só não faziam isso quando Rita estava se encontrando com Camilo, para desespero de Ruth. Para piorar a situação, Rita relatava com detalhes íntimos os encontros com o amante. Isso aumentava cada vez mais o sentimento de Ruth.

Numa festa de aniversário, Rita apresentou o marido à amiga. Vilela considerou Ruth simpática, mas ela quis vê-lo morto, servindo de alimento aos urubus. Numa outra tarde, enquanto tomavam chá juntas na Confeitaria Colombo, Rita aproveitou para apresentar Ruth ao seu amante. Camilo não prestou muita atenção, mas a amiga de Rita já se imaginou dissecando órgãos do homem com suas próprias mãos.

Em seu quarto alugado, Ruth não conseguia controlar seu amor por Rita e o ódio simultâneo por Vilela e Camilo. "Preciso fazer alguma coisa", pensava, "senão acabarei louca!". Foi nesse momento que Rita começou a redigir cartas anônimas aos, segundo ela, seus maiores inimigos. Primeiramente, começou a relatar com detalhes mais sórdidos os encontros infiéis de Rita e Camilo em correspondências enviadas a Vilela, com o intuito de ele desejar o divórcio. Também passou a enviar ameaças de morte assustadoras com chantagem a Camilo, com a intenção de ele acabar com sua relação com Rita. Se ele não o fizesse, estaria com seus dias contados. Assim, divorciada de Vilela e largada por Camilo na rua da amargura, só mesmo uma pessoa especial com atributos peculiares de Ruth poderia ser o consolo de Rita. Esta teria uma chance para ser feliz, coisa que apenas Ruth seria capaz de realizar.

Numa tarde chuvosa, Ruth chegou à Confeitaria Colombo a fim de tomar chá com sua amada e idolatrada amiga Rita. Todavia, Rita não compareceu. Ruth foi até à casa da amiga. Ao entrar sem bater, não pôde acreditar naquilo que seus olhos testemunharam: os corpos estendidos de Rita e Camilo sem vida e Vilela fitando-a com uma arma em punho em direção dos amantes. Apavorado com a presença de Ruth, Vilela deixou o revólver cair e foi se afastando da sala enquanto Ruth se aproximava. Ela, revoltada com o assassinato do grande amor de sua vida, pegou a arma do chão e atirou à queima-roupa em Vilela. Depois, Ruth colocou o revólver na mão de Vilela, aproximou-se do corpo de Rita, beijou-a nos lábios e saiu da casa.

Ruth foi à estação, pegou o primeiro trem para São Paulo com a roupa do corpo. Durante a viagem, não podia acreditar que o final feliz ao lado de Rita em seu conto de fadas havia virado pó.

Durante quase um mês, o Rio de Janeiro não falou de outra coisa: a tríplice tragédia. O *Jornal do Commércio* já estampava a manchete MARIDO TRAÍDO MATA A ESPOSA E O AMANTE E DEPOIS SE MATA.

Ruth chegou ao Convento das Irmãs Enclausuradas com o vestido tão surrado que parecia uma refugiada da Guerra do Paraguai. Lá, inventou uma história que era uma noviça e fora escorraçada pelas outras freiras de outro convento por ela ser de origem aristocrata.

— O seu histórico não é fácil, é, Irmã Guadalupe? — Ruth virou para fitar a madre superiora.

— Certamente que não, madre. Eu sou freira, sempre fui e sempre serei. Como disse, este convento com voto de silêncio é perfeito para mim.

Em sua cela, Ruth pensou: "Se não tenho Rita, não preciso de mais ninguém! Apenas de Deus para perdoar os meus pecados."

* Baseado no conto *A Cartomante*,
de Machado de Assis.

Os Amantes

ÍRIA DE FÁTIMA FLÓRIO

Marcaram de se encontrar naquele modesto hotel do centro da cidade. Às vinte horas de uma sexta-feira 13. Maria nunca havia sido supersticiosa e não seria desta vez que deixaria a crendice popular influenciá-la. Apesar de ser uma mulher muito simples, era muito inteligente e, afinal de contas, o número treze era seu número da sorte.

Aquele dia em especial tinha demorado muito a passar. Ela contara os segundos desde o momento em que levantara da cama. Dormir? Nem pensar! Passou o dia entre agitada e nervosa e os ponteiros do grande relógio pendurado na parede da cozinha pareciam não se mover.

Às dezessete horas, começou a se arrumar. Queria estar impecável para aquela noite tão aguardada e seu coração batia cada vez mais descompassadamente. Terminou sua toalete e se olhou mil vezes no espelho antes de sair de casa. Chamou um táxi.

Sua ansiedade fê-la chegar vinte minutos antes. Ela se sentou na pequena mesa que ficava a um canto. O lugar estava quase deserto e, enquanto esperava, examinava o ambiente.

Encostado em uma das paredes, perto da porta de entrada, um homem macérrimo com sua cara chupada e esverdeada segurava um copo de bebida barata nas mãos e olhava para o nada. Um casal estava sentado a sua frente. A moça com um vestido curtíssimo estava sentada no colo do homem e ele cochichava em seu ouvido. Davam risadinhas indecentes. No outro canto, um homem grande, gordo e muito suado, com a camisa para fora da calça e parte de sua enorme barriga descoberta, fazia gracinhas à mulher sentada ao seu lado. O vestido dela era de um rosa justíssimo e mostrava o contorno de um corpo já não tão jovem e nem tão perfeito como havia sido tempos atrás. Seus lábios estavam bem pintados de vermelho, e seus cabelos eram compridos e amarelos.

O ambiente era pouco iluminado, e a fumaça dos cigarros ajudava a dar ao local um ar enfumaçado.

Maria era solteira. Não havia aparecido em sua vida ninguém por quem se apaixonasse. Fora uma vida sem encantos, assim como ela. Sem grandes alegrias, sem grandes tristezas, sem grandes emoções. Uma vida simples e calma. Não tinha amigos, e a vida financeira difícil não lhe permitia realizar grandes sonhos: um cinema de vez em quando, uma volta no parque aos domingos, e raramente uma viagem curta para visitar um parente mais distante.

Seus dias resumiam-se em ir ao trabalho, voltar para casa, atender os pais, que já estavam bem idosos, ler seus livros e ir dormir. Trabalhava como doméstica há muitos anos, em casa de uma professora idosa que tinha problemas de saúde. Sempre teve muita vontade de estudar, mas a necessidade de ajudar em casa a fez largar os estudos ainda muito jovem para começar a trabalhar.

O que a salvava de uma vida medíocre eram seus livros, seus romances, suas histórias de ficção. Não essas baratas vendidas em bancas de jornal. Não! Aprendera na casa em que trabalhava a gostar das boas histórias. Conhecia Érico Veríssimo, Agatha Christie, Jorge Amado e até os romances de Jane Austen. Sua literatura era eclética. Muitos livros ela tinha ganhado de sua patroa e os guardava como joias raras. Outros tirava na biblioteca da cidade, mas nunca deixava de ler. A leitura fazia-a se transformar em novas mulheres, viver em outros universos...

Depois que perdera os pais, no entanto, a solidão se tornou insuportável! Já não saía mais e as poucas viagens que fazia aos parentes acabaram. Apesar da companhia de seus livros, viu-se perdida e a angústia tomou conta de cada fibra de seu ser.

Um dia, dentro do ônibus lotado que costumava pegar para ir e voltar do trabalho, ouviu atentamente a conversa de duas moças que falavam sobre salas de bate-papo, namoros *on-line*. Ela nunca tinha ouvido falar nessas coisas, seu mundo limitava-se ao seu trabalho, a sua casa e aos seus livros, mas se interessou pelo assunto e timidamente começou a pesquisar.

Encontrou uma *lan house* perto de onde morava e com muito esforço foi aprendendo a mexer na internet. Sempre fora inteligente e agora queria muito, muito encontrar um grande amor. Quem sabe não seria esse o caminho?

Entrou em várias salas de bate-papo, se interessou por vários homens. A cada "encontro", uma esperança. Ficou loucamente apaixonada por alguns, mas depois eles desistiam dela. Quanta decepção! Ela chorava e sofria amargamente!

Até que Rui entrou em sua vida. E ele era tão diferente dos demais! Começaram a conversar há uns seis meses e desde então não pararam.

Ela se emocionou com sua história: homem só que havia perdido família, dinheiro, tudo por causa de sua esposa que o trocou por outro. "Desgraçada!" — disse ele um dia. Desde então, começou a se sentir amargo, triste. Segundo Rui, sua esposa tinha sido seu grande e único amor. Ele a havia amado tanto! "Como ela tinha tido coragem?"

Depois de um tempo, quando tudo já estava mais calmo, ele também sentiu falta de compartilhar sua vida com alguém, por isso entrou nas salas de bate-papo. Interessou-se por Maria quando viu sua foto. Achou-a simpática e extremamente parecida com sua ex-companheira que havia amado tanto.

— Como vocês duas são parecidas! — disse certa vez.

Contou como foi difícil se reerguer depois desse acontecimento em sua vida, mas não entrou em detalhes. Apenas uma única vez contou que, após a separação, sua esposa havia desaparecido. Ninguém mais a tinha visto. Ninguém, nem sua família, nem amigos sabiam para onde ela e o amante tinham ido. Sumiram sem deixar rastros. Ficou calado por uns segundos e mudou radicalmente o rumo da conversa. Ela o respeitou. Nunca mais se falou sobre isso.

Algumas vezes, ela o interpelava sobre a falta de fotos em seu perfil. Ele argumentava dizendo que queria manter o mistério. Seria muito melhor assim. Mais emocionante, mais excitante...

Falavam sobre filmes e músicas que ela aprendeu a ouvir e a assistir para poder conversar com ele de igual para igual e fatos do dia a dia. Às vezes, sem perceber, ele deixava escapar algumas críticas às mulheres. Falava que deviam ser todas iguais mesmo. Haveria alguma fiel? Haveria alguma que não traísse?

Mas ela, com toda sua delicadeza, desviava o assunto e não dava muita importância. Atribuía isso aos traumas sofridos por ele no passado. Quem é que não os tinha, não é mesmo? Afinal, ele tinha outras qualidades. Ah, como as tinha!

Descobriram muitas coisas em comum. A afinidade foi crescendo e a paixão também, como se isso fosse possível. Ela guardava apenas para si esse romance, queria que fosse só seu. Muitas vezes ia dormir e, mesmo não sabendo como ele era fisicamente, imaginava-o em seus braços...

Então, resolveram se encontrar para poderem concretizar esse amor tão forte que estavam sentindo um pelo outro e marcaram num hotelzinho no centro da cidade. "Lá não iam ser vistos por conhecidos. Teriam todo o tempo do mundo só para eles", Rui dizia. Jantariam, conversariam e depois... bem, depois...

Era seu primeiro encontro. Estava ansiosa como uma adolescente. Nem parecia que já estava com mais de 40 anos.

Um encontro!

Ela pegou suas economias e passou o dia no cabeleireiro, fez as unhas, pintou e arrumou os cabelos malcuidados que já estavam esbranquiçados. Comprou um vestido novo para a ocasião. Carmim. Não era um vestido elegante e chique como queria, mas era o melhor que seu dinheiro podia pagar. Estava leve como uma pluma, sentindo-se desejada como nunca havia se sentido.

Ela também não se esqueceu de colocar um lenço amarelo no pescoço. Essa era a senha para se reconhecerem, embora ele já a tivesse visto por fotos. Pelas muitas fotos que ela havia enviado através de e-mails.

Chegou o dia do encontro. O dia em que iam olhar nos olhos um do outro, que iam sentir o calor das mãos, o toque do beijo.

Será que ele a desejaria? Será que ele sentia por ela o mesmo que ela sentia por ele?

Seu coração batia descompassadamente e ela sentia um pouco de náusea. Sabia que era o nervosismo.

Ela olhava no relógio ansiosamente. Oito e quinze! Ele estava atrasado. Será que não viria? Os segundos passavam arrastadamente.

Seus olhos estavam fixos na estreita porta do restaurante mal iluminado. A cada movimento perto da porta, ela ficava alerta. Por um instante, achou que ele não viria. Abaixou a cabeça quase num desespero, achando que tudo fora uma simples ilusão. Quando a levantou novamente, viu um homem entrando no salão com uma rosa vermelha nas mãos.

Por um segundo, a respiração dela parou. Sabia por instinto que era ele. Seu coração parecia sair pela boca e achou que não ia conseguir controlar seus braços e pernas, tamanha tremedeira. Seu estômago estava embrulhado. Um frio perpassava todo seu corpo.

Ele era um homem na faixa dos cinquenta e poucos anos, pouco acima do peso. Algumas rugas ao redor de seus olhos claros e frios. Seus cabelos estavam perfeitamente penteados, a roupa muito limpa e alinhada em seu corpo.

Ele semicerrou os olhos procurando a mulher no meio do local sombrio. Sorriu a vê-la e foi até o lugar em que estava sentada. Deu-lhe um beijo na testa, entregou-lhe a rosa e sentou-se bem a sua frente para analisá-la melhor. Não se conteve e balbuciou:

— Como vocês duas são parecidas!

Ela não entendeu bem o que ele falou e pediu para repetir.

— Eu disse que você está linda — disse, agora num tom de voz mais alto e firme.

Ela ficou sem jeito, todo seu corpo tremia, não sabia como se comportar, e ele sorria ao perceber toda a situação.

Começaram a conversar. Ele pediu uma garrafa de vinho barato e brindaram àquele primeiro encontro.

Aos poucos, a tensão foi diminuindo, ela foi se soltando e a conversa começou a fluir. Ela falou sobre tudo: infância, adolescência. Falou sobre suas frustrações, medos, inseguranças, sonhos. Ele mais ouvia do que falava. Roçava de leve os dedos no braço da moça. Ela se sentia arrepiar. Que sensação era aquela? Boa? Estranha! Indefinida!

De vez em quando, um sorriso brotava no canto esquerdo da boca do homem. Seus olhos azuis e frios estavam cravados nela, num olhar indecifrável.

Pediram o jantar e mais uma garrafa de vinho. Às vezes, misturado às boas sensações, um desconforto, mas ela não sabia por quê. Talvez por causa de toda aquela situação, afinal, nunca tinha tido um encontro romântico. Talvez fosse assim mesmo o olhar de um homem sedento de amor. Talvez fosse o lugar, a penumbra, a bebida... Aquilo tudo estava mexendo com seus sentidos.

A noite foi passando e foi como um conto de fadas. Jantaram e depois dançaram — ali mesmo no cantinho acanhado em que estavam — ao som de uma música suave, que Rui pediu, ao triste e mal-ajambrado garçom que os atendia, para colocar no aparelho de som do restaurante. Era tudo com o que ela sempre sonhou e ele sabia disso.

O toque dos corpos fez com que ela tivesse sensações que não sabia definir. Um medo enorme tomou conta de todo seu ser, mas ela entendeu aquilo como medo da entrega. Quanto mais ele a apertava contra si, mais ela se perdia naquele misto de sentimentos inexplicáveis.

Os corpos roçando um no outro faziam com que ela ardesse de desejo. Deixou-se entregar. Ele sussurrava em seus ouvidos palavras desconexas, coisas que nunca ela imaginou ouvir de um homem. Coisas que ela sempre imaginou ouvir de um homem. Seu corpo foi amolecendo, seus sentidos foram-se perdendo.

Quando ela percebeu, ele já a estava levando para o quarto que ficava no andar em cima do restaurante. Foi subindo as escadas quase como um autômato.

Ele abriu a porta do quarto e acendeu a luz amarelenta que iluminou parcamente o ambiente. O cômodo era muito simples: uma cama de solteiro, uma cadeira velha de madeira encostada num dos cantos, um pequeno guarda-roupa. Um quadro desbotado escondia manchas de goteira escorridas pela parede que lembravam lágrimas de uma mãe que chorara seu filho morto.

Ele olhou fixamente para ela e foi abrindo lentamente seu vestido. Ela mal ousava respirar com medo de que aquele momento mágico acabasse. Ele a beijou e sussurrou:

— Como vocês duas são parecidas...

E seus corpos se entrelaçaram.

Ela foi encontrada dois dias depois, com uma faca cravada no peito e uma rosa murcha nas mãos...

Sobre ciclos e renascimentos

BIANCA MORAIS DA SILVA

Foi num início de tarde de outono, nos últimos dias do mês de maio. Acordei tarde — não teria expediente nem trabalho naquele dia —, com enxaqueca, me sentindo um lixo e pensando se era "mais um dia ou menos um dia" em que as coisas correriam absolutamente iguais em comparação ao dia anterior e ao anterior antes desse (*looping* eterno). Com algum nível de melancolia, tristeza ou depressão, não sei e nem vem ao caso, devorava um pedaço de bolo de cenoura com brigadeiro — inventava receitas na madrugada para acalmar os hormônios e demônios internos — enquanto olhava as notícias tristes da pandemia e os desastres decorrentes dela no Brasil na tela fria do *smartphone*. Meu marido entra pela porta e, ao ser perguntado como estava, anuncia tocando no meu joelho: "Vou pegar minhas coisas. Nosso casamento tá uma merda."

Na minha cabeça, um baque surdo — ou qualquer coisa do gênero que indique IMPACTO. O celular quase caiu da minha mão e eu fitei o chão evitando encontrar meu olhar com o olhar dele, que passava para o quarto. Fiquei sentada, tonta, tremendo mais do que vara verde no sofá desconfortável que pareceu mais duro do que nunca, pensando naquelas palavras que acabara de ouvir e nos últimos anos com ele, enquanto ele arrumava suas coisas numa velocidade admirável ali no quarto — velocidade em sincronia com meus pensamentos desordenados que se questionavam o que diabos estava acontecendo e se eu estava no meio de um sonho estranho. Não, não era um sonho estranho desta vez, era a tal realidade mesmo. No mês que sucedeu a nossa separação — e eu não o vi mais nesses dias subsequentes —, essas palavras e essa atitude ficaram martelando em minha mente, sabe? Todos os dias. Todos.

Ele sintetizou numa frase simples e sem rodeios nem floreios aquilo que eu passei dois anos ensaiando silenciosamente para dizer — e nunca tive coragem, nunca encontrei o famigerado momento certo pra dizer. Eu tinha medo de machucar, de ferir, de estar errada — mas me machucava e me anulava como mulher todos os dias enquanto pensava mais no bem-estar e psicológico dele acima do meu próprio.

Eu murchava a cada dia mais sem saber o que fazer e dizer, empurrando a vida com a barriga sem saber me expressar senão além de versos tristes que ele jamais lia nem leria.

Quando ele se foi levando algumas de suas roupas e itens principais, o que eu fiz, então? Depois de chorar no ombro de minha mãe e por ela ser consolada, fui consolada por minhas amigas mais próximas. As figuras femininas e maternas sempre se fazendo presentes e me fazendo entender os laços que envolvem nós, mulheres, seres tão mágicos, que se dão as mãos no momento de superar tristezas e conseguir absorvente íntimo para a desconhecida em apuros menstruais em qualquer banheiro feminino por aí.

O terceiro dia foi uma verdadeira faxina de exorcismos, e eu esfreguei tanto as paredes com clorofina pura que quase me matei intoxicada, e isso equivaleu a uma semana de musculação. Depois separei num canto as roupas restantes dele, para ele buscar. Eu me questionava e raciocinava com meus botões e loucos neurônios, entre uma varrida, uma passada de pano e uma porção de batata frita, que de fato a convivência dele com uma mulher louca como eu que não sabe viver rotinas, esperar marido em casa todo o dia sempre com almoço pronto e viver a vida nessa normalidade sem aventuras... Deve ter sido difícil. Ele de virgem e eu de sagitário, imagine só. Eu me questionava se não poderia ter sido uma mulher e esposa melhor, mas...

Com as cinco roseiras e outras tantas plantas que plantei no jardim depois de capinar sozinha arduamente com uma microferramenta gritando de medo das aranhas escondidas no pasto seco e travando minha lombar de dor, entendi que as flores crescem vistosas, saudáveis e lindas quando são bem adubadas, devidamente regadas. Existe essa manutenção constante para um jardim perfeito, e a gente não pode querer as coisas prontas e bonitas e imutáveis para sempre, como produtos prontos que você coloca na estante para adornar o ambiente, sem ter que tocar, sentir, mexer. Sempre tem uma erva daninha para arrancar com a mão esfolando os dedos, fora as regas necessárias... Flores não são estátuas frias desprovidas de emoções, tampouco relacionamentos amorosos humanos. Eu não podia oferecer o melhor que há em mim sem ser tratada com amor, com paixão. Com carinhos, e até mesmo certa loucura (faz bem). Implorando por elogios. Tendo alguns desejos negligenciados, ignorados. Vendo minhas pétalas amarelando e caindo secas sobre o chão todos os dias enquanto alguém passava do meu lado e dormia do meu lado sem me regar/cuidar. Tudo é uma troca.

Enquanto exorcizava a casa da presença dele, me recuperava ali naquele meu espaço sagrado, e redescobria naquela casa bagunçada com paredes mofadas e problemas de acabamento um... qual seria a palavra? Conforto. Eu redescobria o prazer de estar ali e de arrumar cada canto do meu jeito. Eu me despedia da presença dele chamando de volta a minha presença; acendia meus incensos e velas, fazia minhas orações, descartava no lixo reciclável as garrafas acumuladas de vinhos que dividimos juntos buscando sentido para o que não havia mais. E foi bom assim, embora as palavras dele ainda estejam martelando por um tempo em minha mente doida. Numa das visitas que para mim foram terapêuticas, medicinais, a filha de minha melhor amiga e sócia de trabalho me ensinou sobre os ciclos e os inícios, com os dentinhos nascendo e os primeiros passos seguidos de tombos e de outros passos, como que mostrando para si — e para nós — que ia caminhar e logo deixar seus pais de cabelo em pé. Minha mãe e alguns de seus cabelos brancos — uma das mulheres mais lindas e fortes que já conheci e de quem me orgulho de ter nascido — me mostrou a força do amor e do colo materno de quem cuidou de três filhos doidos com parafusos soltos e de um marido negligente até o leito de morte deste. Mostrou a força de seguir em frente mesmo quando há silêncio e confusão. Uma força resiliente e inquebrável.

As dancinhas bobas cheias de firulas na frente do espelho enquanto faço cachinhos nos cabelos, as cantorias no chuveiro, as improvisações culinárias para almoçar às 15 horas, a liberdade de ouvir minhas músicas até às 3 horas da manhã preparando aulas ou maratonando minhas séries tomando vinho e dando risada na minha própria presença — isso passou a ser meu "templo", os meus rituais secretos de existir comigo mesma, me amar, me curtir, me aproveitar. As eventuais compras em *sex shops* também se incluem nos rituais secretos de autodescobrimento, óbvio.

As amigas — algumas distantes e outras mais próximas — tão lindas e promissoras postando nas redes sociais sobre suas artes, suas *selfies*, empreendimentos, casas decoradas com um milhão de plantas lindas de todas as cores e tamanhos. Nós, mulheres doidas contemporâneas, nos viciamos ainda mais em criar plantas em casa neste período de pandemia e isolamento, me parece. Vídeos engraçados com animais de estimação e diversões numa interação linda me motivaram também a recuperar aquele meu eu "exibida sim e daí" que estava quase perdido. Recuperei aquela louca que vive pensando em coreografias diferentes e sofre de constante síndrome de abstinência de palco e glitter, de agito e gritaria no camarim com as amigas dançarinas ansiosas para subir no palco e arrasar para uma multidão que sempre aplaudiria. A força feminina sempre presente mesmo que de forma tácita, sem fazer estardalhaço, nos reerguendo, nos ajudando a renascer. E se isso não é poético e não diz tudo sobre renascer como aquela lenda boba porém incrível lá da fênix — que incendeia e renasce das próprias cinzas num ciclo interminável cada vez mais forte — eu não sei o que poderia ser. Mas eu renasci.

Nós mulheres sabemos, antes de tudo e como ninguém, como renascer e curar. Assim continue sendo!

Obsessão

JÉSSICA FIGUEIREDO

Você se arruma naquela manhã com o intuito de provocar. Olhos com delineado preto, esfumado, muitas camadas de rímel. *Blush* rosa-escuro e batom vermelho. Você se prepara como quem vai enfrentar o seu pior inimigo. De fato, ele é o seu pior inimigo, mas também foi o seu amante e melhor amigo.

Você tem 21 anos. Já não é mais a adolescente que ele conheceu há quatro anos. Quer mostrar isso para ele, com sua calça *legging*, blusa transparente estilo quimono e botas de couro. Usa botas de salto para ficar da altura dele.

Você ensaia no espelho: *Nossa, desculpa por ter sumido. Eu estava magoada e não sabia como ia reagir quando te encontrasse de novo, depois daquela noite.* Você coloca a pintura no rosto e as roupas para chamar atenção, porque sabe que ele gosta. Você sabe que ele sempre foi atraído por você, desde o primeiro dia de aula.

Você lembra claramente quando o viu pela primeira vez. Você chegou mais cedo na aula. Era a única aluna, sozinha naquela sala vazia. Você estava lendo um livro quando ele entrou. Um homem alto, olhos azuis como pedras de safira.

Ele sorriu para você.

Faz quatro anos que esse dia aconteceu. Mas, para você, é uma memória viva. Uma lembrança que vai se misturando a outras, mais recentes. Uma delas, você não consegue tirar da cabeça. É por causa dessa lembrança que você está aí, se preparando desse jeito, com suas roupas de adulta.

A aula começa. Você o fita com olhares de medusa, querendo petrificá-lo. A sua vontade é colocar ele numa gaiola e levá-lo para casa. Para o seu apartamento, não para a mansão onde ele mora com uma esposa e duas filhas. As filhas que você nunca chegou a conhecer, mas que você viu no perfil dele no Facebook. Você não cansa de visitar o perfil dele todos os dias, mesmo ele nunca tendo aceitado o seu pedido de amizade.

Você sempre quis mais do que amizade. E ficou muito claro para você, quando saíram juntos, que ele também queria. Era só um café, mas virou uma noite de muitas cervejas. Ele disse que precisava voltar cedo, mas acabou indo embora com você. *Foi culpa da bebida*, você pensa em dizer para ele, *isso não devia ter acontecido*. Mentira. Era o que você mais queria que acontecesse.

Você espera pacientemente os alunos saírem da sala. Aproxima-se fingindo que quer falar com ele sobre um assunto da aula. Mas ele sabe que não se trata disso. Você se senta numa cadeira em frente à mesa. Ele também se senta na sua cadeira de professor. O silêncio pesa no ar.

Você começa: *Ah, merda... me desculpa por ter sumido. Eu estava magoada, com vergonha, e não sabia como agir com você. Bebemos muito naquela noite, não é?*

Você tenta aliviar a tensão que se sustenta entre os dois. Você sabe que ele é sensível às suas investidas. Ao seu jeito meio menina, meio mulher. Você lembra do jeito como ele te olhou, deitado ao seu lado na sua cama. Isso aconteceu algumas semanas atrás, mas o cheiro, o toque, tudo ainda reverbera no seu corpo.

Você solta um risinho, mas ele não corresponde. Você começa a se explicar, se desculpar, colocando-se no lugar de vítima. É um joguinho para enfeitiçá-lo, para que ele sinta pena de você. Você sabe que ele gosta de estar no comando, de ter você nas mãos. E você faz essa brincadeira como ninguém.

Os olhos dele correm pelos cantos da sala. Safiras brilhantes e, agora, mais velhas do que você se lembra. Ele suspira e te olha, severo. *Isso não pode acontecer de novo*, ele pronuncia com a voz firme.

Você sabe disso, mas insiste. Quer alimentar tudo o que sente por aquele homem. Você o deseja profundamente, uma necessidade antiga que vem se retroalimentando há anos. Sentada, aqui e agora, você é puro vício. *Só vai acontecer de novo se a gente quiser*, você provoca.

Ele meneia a cabeça em negação. *Você sabe que eu sou casado, não é? Sabe que eu tenho duas filhas. Eu já te contei isso.* Você sorri com a maneira como ele diz a palavra *casado*. Como se aquilo fosse algum impeditivo. Você balança a cabeça em afirmação. *Eu entendo se você não quiser mais sair comigo*, você mente. Ele suspira, impaciente.

Alguém bate na porta e abre uma fresta. Ele faz menção de se levantar e dá um sorriso nervoso. A pessoa na porta se engana e fecha. O silêncio volta a pesar entre os dois. Você o encara. Ele desvia o olhar, volta à mesa, olha o celular, incomodado.

Ele diz: *se você preferir, não precisa mais vir às aulas. Só faça as atividades que envio no site da faculdade. Eu não vou te reprovar.*

Você sente um frio tomar conta do corpo. Percebe que ele está tentando te afastar, te rejeitar. Você sabe que merece isso, afinal, você que provocou essa história com suas investidas. Todas as vezes que você ficou até mais tarde na aula, falando com ele, fazendo perguntas. E ele, agindo da mesma forma, com você.

Você lembra das vezes que ele te chamava no final das aulas. Das perguntas que ele fazia e como aquilo te desconsertava. De tudo que compartilhou com ele sobre a sua vida. O controle que ele tinha sobre suas emoções. O desejo pulsando nas entrelinhas das conversas.

Você reluta: *vou continuar vindo, não se preocupe.*

Como se quisesse encerrar o assunto, ele se levanta. Você se coloca de pé logo em seguida e vê que está da altura dele. Olha-o com fixação, transmitindo o peso da sua necessidade, sua ânsia viciante passando para ele como eletricidade. Como pode esse homem que uma vez te dominou, agora se comportar com tanto medo? Ele desvia o olhar novamente, dessa vez mirando a porta.

Mais um aluno abre uma fresta. É a deixa que ele precisa para fugir dali, mesmo sob a sua tentativa de controlá-lo. Mesmo sob o seu olhar de águia por cima dos ombros dele, vendo-o se afastar e fechar a porta atrás de si. A sua respiração parece parar por um momento. Você se vê sozinha na sala de aula.

Pega suas coisas e caminha a passos largos, seguindo na mesma direção dele. Você quer alcançá-lo antes que ele chegue à sala dos professores, que fica no final do corredor. Você o encontra a alguns metros de distância. Ele percebe sua presença e aperta o passo. Você se apressa.

O corredor parece mais longo do que você conhece. Ele está quase correndo, a poucos metros de distância. Alguns alunos cruzam o caminho, você esbarra neles e segue andando rápido, sem pedir desculpas. Você o observa pedir desculpas gentilmente e falar que está com pressa. Alguns estudantes tentam pará-lo, mas ele se apressa e diz que precisa ir.

Entre sorrisos entrecortados e pedidos de desculpas, ele alcança a maçaneta da sala dos professores. Tenta abrir. Mas a porta está trancada. Ele bate na porta, um tanto desesperado. Olha para os alunos no corredor, que começam a perceber o nervosismo dele. Bate de novo, agora com mais calma. Ninguém abre, ninguém responde.

Quando vê aquela cena, você diminui o passo e para no corredor. Um dos alunos fala que deve ser horário de almoço. Perguntam se ele não tem a chave da sala. Ele mexe os bolsos, desesperado. Você o observa. Ele encontra uma chave. Abre a porta, entra na sala e tranca a porta atrás de si. Os alunos dispersam.

Você se vê sozinha no corredor, todas as portas das salas trancadas.

Eis você aqui de novo, obcecada por esse homem mais velho. O professor mais querido da faculdade. A figura de autoridade que você admira. O homem que te fez rir tantas vezes com as piadas em sala. O mesmo que sempre te chamava para ficar um pouco mais. O orientador que era o seu melhor amigo.

Você se aproxima da porta. Alcança o seu celular na bolsa e digita o número que sabe de cor. Na tela, o nome aparece: Carlos Eduardo. Você ouve o celular dele tocando. Imagina-o alcançando o aparelho e colocando no silencioso. Os tons da chamada ressoam no seu ouvido. A ligação cai. Você liga de novo e mais uma vez o toque ressoa através da porta.

Ele atende: *O que porra você quer de mim? Por que está fazendo isso?*

Você não fala nada. Apenas escuta a sua respiração ofegante do outro lado da linha. Como pode esse homem ter te amado tanto há algumas semanas, e agora falar com você assim? Você pede para ele abrir a porta. *Por favor, abre aqui. Quero falar com você.*

Ouve ele dar um suspiro. *Mas a gente já conversou antes, Jaque. O que mais você quer? Você sabe que eu não posso...* ele para de falar. Você demanda: *Só abre aqui, por favor.* Silêncio. Respiração. Ele desliga o celular, gira o trinco e abre a porta.

Você entra e fecha a porta atrás de si. Gira a chave, trancando-a. Fica de pé em frente a porta, imóvel. Agora são vocês dois naquela pequena sala. Silêncio impera entre os dois. O ar-condicionado solta um vento abafado. Você sorri, satisfeita por finalmente conseguir ficar sozinha com ele.

Ele vocifera: *Você precisa parar com isso, Jaqueline. Chega! Já disse a você que está terminado entre nós. Não devia nem ter começado! Eu sou seu professor! Você é minha aluna! Isso não pode acontecer!*

Você o encara com admiração. Até na fala de algo desesperador ele se expressa com clareza. Você o vê como uma obra de arte. Quer tocá-lo, abraçá-lo, mas se segura encostada na porta. Você apenas ouve e observa. Ele se senta na mesa. Mexe as pernas, ansioso. Parece um sonho. Você está feliz por ele estar com você num lugar fechado. Tudo pode acontecer.

Ele exige: *Fala alguma coisa! Você fica aí me olhando. O que você quer de mim, caramba?*

Eis você aqui de novo, agindo com uma obsessão quase infantil. Eis você aqui, mais uma vez, arruinando a vida de alguém que você tanto ama. Um tipo de amor que parece maior do que você. Uma emoção que supera seu controle, e te deixa sem ação. Mas você precisa agir.

Você começa: *Tudo o que vivemos foi muito especial para mim, Carlos. Eu compartilhei tudo da minha vida com você. Você não tem nenhum sentimento, nada disso te afetou? E aquela noite, que saímos e você foi lá em casa? Não foi bom?*

Ele suspira, encarando a mesa. Não consegue olhar você nos olhos. Você o observa sem se mover da porta. Ele se levanta e caminha pela sala, ansioso. Você quase escuta os pensamentos dele.

Ele solta um jorro de palavras: *É claro que eu lembro de tudo. É claro que eu gostei do que vivemos, foi especial. Eu sei muitas coisas. Sobre você. Sobre mim. Sobre nós dois. Mas... você precisa entender que isso não pode continuar. Como você acha que será agora? Vamos ficar saindo juntos, é isso? É isso que você quer? É isso que você espera que aconteça?*

Você se arrepia na forma como ele fala "nós dois". Você imagina saindo com ele para jantar, ele indo até a sua casa. As lembranças da noite que vocês dormiram juntos voltam à sua mente como uma memória viva. Você sorri e sente o corpo se aquecer.

Ele percebe sua alegria e fica desconsertado. Agora ele está na sua frente, a um passo de distância. Você tem vontade de agarrá-lo pela cintura e abraçá-lo, para nunca mais soltar. Você sente uma urgência subir no corpo e dá um passo, ficando a poucos centímetros do rosto dele.

Você fala baixinho: *Eu quero você. Quero ficar com você. Toda vez que te vejo, sinto vontade de ter você comigo. Sinto vontade de te abraçar e dormir do seu lado, como fizemos. Eu preciso de você na minha vida, Carlos.*

Agora vocês dois estão a um palmo de distância. Você sente a respiração dele ficar mais ofegante. Você se aproxima ainda mais. Ele olha para baixo, depois volta o olhar para os seus olhos. O seu desejo é quase físico, capaz de envolver os dois numa manta de sensações. Ele segura as suas mãos e te olha com pesar.

Ele diz baixinho: *Desculpa, mas eu não posso mais fazer isso. Você precisa entender. Eu sou casado. Eu sou seu professor e você é minha aluna. Isso está errado em muitas formas.*

A autoridade que você respeita. O professor que você admira. Aquele homem mais velho pelo qual você se apaixonou. A sua obsessão antiga de quatro anos atrás. Você aperta as mãos dele, os olhos vidrados nas duas pedras de safira que só ele tem.

Você fala só para ele ouvir: *Eu preciso de você. Não faz isso comigo.*

Ele solta suas mãos e segura seus ombros, mirando seus olhos. *Você criou uma ilusão na sua cabeça, Jaque. O que aconteceu entre nós ficou no passado. Não dá para continuar.* Você ouve essas palavras, mas elas não significam nada para você.

Ele se afasta alguns centímetros. Você sente um frio percorrer o seu corpo, que se mantém ali, paralisado. Ele pega a bolsa em cima da mesa e anda em direção à porta. Gira o trinco. Você observa-o andar na sua frente. Mas não consegue agir.

Ele abre a porta. Do lado de fora, ele te olha mais uma vez. São olhos cansados, velhos, porém com uma sinceridade que chega a doer. Ele respira, desvia a atenção para a maçaneta e fecha a porta. Você se vê sozinha na sala, mais uma vez. Sozinha, como sempre estará, para o resto da sua vida.

Uma ou duas tranças

TALITA PINHEIRO

São 20h de uma quarta-feira qualquer, ainda enrolada na toalha de banho, com o cabelo molhado; sentada diante do espelho, examino as marcas do tempo em volta de meus grandes olhos castanhos.

Lembrando-me das propagandas que vi numa revista de beleza que diziam ter chegado a hora de começar a investir em cosméticos *antiaging*, percebo também algumas rugas na testa.

"Será que esses cosméticos funcionam mesmo?", questiono.

Num gesto um tanto automático, trago meu cabelo todo para a lateral do pescoço, reparto-o em três e começo a tentar trançá-lo. Começo e recomeço algumas vezes, sem muito sucesso. Termino um protótipo de trança, o qual finalizo com um pequeno prendedor, mas em poucos segundos o desfaço porque não gosto do resultado. "Por que nunca aprendi a fazer uma trança?!", questiono.

Nesse momento, fitando meus olhos no espelho, sorrio e sou transportada para o passado. Apenas o meu corpo permanece ali na cadeira, enquanto minha alma viaja livremente, levando meus pensamentos a uma outra noite, e outra e outra.

Noites essas em que, vestida em um pijama, com o cabelo molhado, a toalha de banho, um pente e alguns prendedores na mão, entrava de mansinho no quarto e pedia: "Mãe, me faz uma trança!?". E, a fim de evitar uma resposta negativa, completava entusiasmada: "Já desembaracei o cabelo".

Então, sentava-me em sua cama e ela atendia ao meu pedido. Quase sempre me perguntava se podiam ser duas tranças, uma de cada lado da cabeça ao invés de apenas uma. Embora não me explicasse o porquê disso, eu bem sabia que uma única trança com o cabelo todo para trás não era o seu forte. Por alguma razão, que nunca entendi, partir o cabelo ao meio e fazer duas tranças lhe era mais fácil. E a verdade é que, para mim, não importava se seriam uma ou duas!

Minha mãe tinha dificuldade para começar o trançado. Dividia o cabelo em três partes e sempre me pedia para segurar uma delas até que pedisse para lhe entregar. Por incontáveis vezes, quando as tranças estavam quase terminadas, ela desfazia e recomeçava dizendo que o início do trançado não estava bom. E, sempre que finalmente terminava de trançar, me pedia para ir até o espelho e ver se tinha ficado bom. Eu me levantava para conferir já sabendo que iria gostar do resultado e que, se não estivesse tão bom, eu mesma poderia melhorar com um ou dois grampos, quando voltasse para meu quarto.

Esse ritual se repetiu ao longo de muitos e muitos anos. Mesmo já adulta, lá ia eu com toalha, pente e prendedores na mão. Por que nunca aprendi a fazer uma trança? Porque esse era o nosso momento mais precioso... ao trançar meus longos cabelos, minha mãe trançava também os nossos corações.

*Cada um de nós tem uma história para contar.
Todas merecem se tornar um livro.*

Conheça nossos títulos: **www.livrariadalura.com.br**